Œuvres & thèmes

Collection dirigée par Hélène Potelet et Georges Décote

Erich Maria Remarque
À l'Ouest rien de nouveau

Roland Dorgelès
Les Croix de bois

classiques Hatier

Un genre
Le roman

Myriam Canolle-Cournarie,
Professeur de Lettres classiques

Stéphanie de Nanteuil-d'Espiés,
Professeur de Lettres modernes

L'air du temps

La publication des deux romans

– Publié en 1929, *À l'Ouest rien de nouveau* connaît un succès immédiat.
Il est très vite traduit dans de nombreuses langues.
– Publié en 1919, *Les Croix de Bois*, signé par Roland Dorgelès, son nom de guerre, reçoit le prix Fémina la même année.

1914-1918

– L'assassinat de l'archiduc autrichien François-Ferdinand, le 28 juin 1914, déclenche la Première Guerre mondiale. Les belligérants de 1914 sont d'un côté l'Allemagne et l'Autriche-Hongrie, de l'autre, la Serbie, le Montenegro, la Russie, la France, la Belgique, l'Angleterre puis le Japon.
– En 1918, l'armistice est signé le 11 novembre.

À la même époque…

■ **Événements littéraires**
– Écrivains français ayant participé à la guerre de 1914-1918 et ayant écrit sur la guerre : G. Apollinaire (*Lettres à Lou*), M. Genevoix (*Ceux de 14*), J. Giono (*Le Grand Troupeau*)…
– Écrivains français morts à la guerre : C. Péguy et Alain-Fournier meurent en 1914 ; G. Apollinaire, blessé à la tête par un éclat d'obus et, affaibli par cette blessure, meurt de la grippe espagnole en 1918…

■ **Événements historiques**
– En 1917, Lénine donne l'impulsion à la révolution russe.
– La Russie signe une paix séparée avec l'Allemagne en décembre 1917 à Brest-Litovsk.
– En 1918, à la fin de la guerre, le Kaiser Guillaume II démissionne et l'empire austro-hongrois disparaît.

Sommaire

Introduction	4

Première partie

À l'Ouest rien de nouveau

Extrait 1	« Tous quatre âgés de dix-neuf ans »	10
Extrait 2	« Je suis assis auprès du lit de Kemmerich »	16
Extrait 3	« Voici le front… »	28
Extrait 4	« Le front est une cage »	45
Extrait 5	« Les souvenirs sont toujours pleins de silence »	58
Extrait 6	« Qu'est-ce qu'une permission ? »	64
Extrait 7	« Gérard Duval, typographe »	77
Extrait 8	« Il était tombé la tête en avant »	90

Deuxième partie

Les Croix de bois

Extrait 1	« Le bataillon, fleuri comme un grand cimetière »	98
Extrait 2	« C'est la guerre… »	103
Extrait 3	« J'ai peur de dormir… »	109
Extrait 4	« Maintenant nous savourons la moindre joie »	120
Extrait 5	« Notre-dame des Biffins… »	128
Extrait 6	« Tous dans le boyau !… Sans regarder, on y sauta. »	134
Extrait 7	« La boue venait à mi-jambes »	142
Extrait 8	« Et c'est fini… »	148

Questions de synthèse	157
Index des rubriques	159

Introduction
Erich Maria Remarque (1898-1970)

La jeunesse
Erich Maria Remarque est né en 1898 à Osnabrück, petite ville du nord de l'Allemagne, dans une famille modeste. Il pense devenir instituteur mais il est mobilisé en 1916. Il se retrouve en 1917 sur le front de l'Ouest, dans une unité de pionniers, comme simple soldat. Cependant il est blessé et envoyé dans un hôpital militaire à l'arrière. Il reste dans un bureau jusqu'à la fin de la guerre.

L'âge adulte
Il part pour Berlin s'essayer au journalisme. *À l'Ouest rien de nouveau* paraît en 1929 et remporte un succès tel que Remarque devient l'un des auteurs les plus célèbres d'Allemagne puis, traduit dans toutes les grandes langues, il devient mondialement connu. Il part pour les États-Unis où son roman est adapté au cinéma en 1930 par Lewis Milestone. Il fréquente alors le monde d'Hollywood et devient extrêmement riche. Il partage sa vie entre les palaces d'Europe et de Californie. Cependant, en Allemagne, son livre est interdit en 1930 à cause de la propagande nazie et est brûlé à Berlin en autodafé. Dès 1931, il choisit l'exil en Suisse et en France. Sa propriété suisse devient un centre d'accueil pour les exilés qu'il aide matériellement à quitter l'Europe pour l'Amérique. Il est déchu de sa nationalité en 1938 (il obtiendra la nationalité américaine en 1947). En 1939, la déclaration de guerre l'oblige à quitter la France pour les États-Unis.

Son œuvre
En 1941, paraît *Les Exilés* dont le titre allemand est *Liebe deinen Nächsten : tu aimeras ton prochain*. Il raconte la vie de trois émigrés qui, de Paris, s'exilent en Suisse. Malgré les difficultés qu'ils rencontrent dans leur vie d'exilés, ils parviennent à trouver de la force dans l'amour et l'amitié.

E.-M. Remarque en novembre 1930 sur les Champs-Élysées à Paris.

En 1945, *L'Arc de Triomphe* est écrit sur le même thème. Les personnages ressemblent fort au couple Remarque-Marlène Dietrich (ils se sont rencontrés à Paris quelques années auparavant). Ce roman remporte également un grand succès international et est adapté au cinéma (avec Ingrid Bergman).

En 1952, *L'Étincelle de vie* ou *Le combat des survivants* est le premier roman sur les camps publié par un germanophone.

Un temps pour vivre et un temps pour mourir est publié en 1954. Le personnage principal, Graeber, est un jeune soldat allemand qui, après les campagnes de France et d'Afrique, se retrouve sur le front russe. Après Stalingrad, il est scandalisé par les exactions de ses compatriotes auxquelles il tente de s'opposer. Il y laissera la vie.

De 1948 à 1970
Remarque retourne à Paris en 1948. Il se rend ensuite en 1952 en Allemagne, où il ne ressent que déception et amertume.
Erich Maria Remarque est resté traumatisé toute sa vie par l'expérience de la guerre, qui a détruit toutes ses illusions et lui a rendue impossible son intégration dans la société bourgeoise de son temps. Il meurt à Locarno, en Suisse, le 25 septembre 1970.

Roland Dorgelès (1885-1973)

Journaliste et artiste montmartrois
Roland Dorgelès est né à Amiens le 15 juin 1885 sous le nom de Roland Lecavelé. Après avoir étudié à l'École nationale des arts décoratifs et à l'École des Beaux-Arts, il se consacre au journalisme et collabore à différents journaux. Il fréquente alors les cercles montmartrois où se retrouvaient beaucoup d'artistes célèbres. Il participera ainsi à cette période foisonnante de révolution dans les arts telles que le cubisme et le dadaïsme.
Pour faire écho de façon humoristique au *Manifeste du Futurisme*, il publie le 1er avril 1910, dans Fantasio, *Le Manifeste de l'Excessivisme*. Il a alors 24 ans. Il se fait ainsi remarquer par ses articles et ses canulars, dont le plus célèbre est d'avoir fait peindre par un âne un tableau qu'il intitula *Coucher de soleil sur l'Adriatique*, sous le pseudonyme de J.-R. Boronali. Ce tableau obtient un prix au salon des indépendants de 1910.
En 1917, il collaborera au *Canard enchaîné*, où il publiera un roman satirique intitulé *La machine à finir la guerre*.

Introduction

Roland Dorgelès en 1919.

Entre 1917 et 1920, Il écrira des articles, des feuilletons, des contes, dont il en signera certains sous le pseudonyme de Roland Cartenoy. Il s'attaque alors aux profiteurs de guerre, aux représentants de l'autorité et de l'ordre…

Cette période heureuse de sa vie montmartroise lui inspirera des récits et des chroniques, comme *Les Veillées du Lapin agile* (1920), *Le Château des brouillards* (1932), *Quand j'étais Montmartrois*, *Portraits sans retouches* et *Vive la liberté* (1939).

De la Première à la Seconde Guerre mondiale

Engagé volontaire dans l'infanterie en 1914, il est blessé. Après sa convalescence, il incorpore l'aviation. Nommé caporal, il reçoit la croix de guerre.

En 1919, il écrit *Les Croix de bois* sous le pseudonyme de Dorgelès, son nom de guerre, en souvenir de séjours thermaux de sa mère à Argelès. Ce roman remporte un vif succès et reçoit le prix Femina la même année. Ce succès le conduit à écrire d'autres livres sur la guerre, comme *Le Cabaret de la belle femme* (1919) et *Le Réveil des morts* (1923). Il se consacre dès lors à la littérature.

En 1923, il se marie avec Hania Routchine, artiste lyrique d'origine russe. À partir de ce moment, il voyage et écrit beaucoup. Son séjour en Indochine lui inspirera *Sur la route mandarine* publié en 1925. Datent aussi de cette époque *Partir* (1926), *La Caravane sans chameaux* (1928), et *Route des tropiques*.

En 1929, il succède à Georges Courteline à l'Académie Goncourt (il en sera président en 1955).

Au début de la Seconde Guerre mondiale, il est Correspondant de guerre pour «Gringoire». Il laissera derrière lui des récits émouvants dans lesquels il confronte ses souvenirs des deux guerres comme *Retour au front* (1940).

En novembre 1942, son métier et ses origines juives le mettent en danger : il s'installe alors à Montsaunès, petit village situé dans le Comminges, où il est rapidement rejoint par son ami le peintre Raoul Dufy. Il passe alors ses journées à glaner des informations pour ses ouvrages, et donne au village des nouvelles du front et de Londres qu'il écoute à la radio. Il retracera ce séjour dans *Vacances forcées*. Il passe les quatre mois précédant la Libération dans un autre village, à Aspet, chez le Docteur Jauréguiberry. Dans *Carte d'identité*, récit autobiographique de la guerre en zone libre, il raconte l'horreur du massacre de Marsoulas, le 10 juin 1944.

De 1945 à 1973

Rentré chez lui, à Paris, à la Libération, il n'est jamais revenu dans le Comminges. Mais il continuera longtemps à entretenir une correspondance avec ses anciens hôtes d'Aspet.

En 1959, son épouse Hania meurt à l'âge de 74 ans, et en 1960, il épouse Madeleine Moisson.

Roland Dorgelès meurt le 18 mars 1973, à l'âge de 88 ans. Son œuvre reste marquée par tous ces épisodes clés de sa vie : la période montmartroise, ses voyages et la guerre.

Le roman *Les Croix de bois*, qui l'a rendu aussitôt célèbre, reste encore aujourd'hui une œuvre de référence.

Première partie

À l'Ouest rien de nouveau

Erich Maria Remarque

Jaquette pour la première
édition du roman
de E.-M. Remarque, en 1929.

À l'Ouest rien de nouveau

Extrait 1
« Tous quatre âgés de dix-neuf ans »

Nous sommes à neuf kilomètres en arrière du front. On nous a relevés hier. Maintenant, nous avons le ventre plein de haricots blancs avec de la viande de bœuf et nous sommes rassasiés et contents. Même, chacun a pu encore remplir sa gamelle pour ce soir ; il y a en outre double portion de saucisse et de pain : c'est une affaire ! Pareille chose ne nous est pas arrivée depuis longtemps ; le cuistot, avec sa rouge tête de tomate, va jusqu'à nous offrir lui-même ses vivres. À chaque passant il fait signe avec sa cuiller et lui donne une bonne tapée de nourriture. Il est tout désespéré parce qu'il ne sait pas comment il pourra vider à fond son « canon à rata[1] ». Tjaden et Müller ont déniché des cuvettes et ils s'en sont fait mettre jusqu'aux bords, comme réserve. Tjaden agit ainsi par boulimie, Müller par prévoyance. Où Tjaden fourre tout cela, c'est une énigme pour tout le monde : il est et reste plat comme un hareng maigre.

Mais le plus fameux, c'est qu'il y a eu aussi double ration de tabac. Pour chacun, dix cigares, vingt cigarettes et deux carottes à chiquer : c'est très raisonnable. J'ai troqué avec Katczinsky mon tabac à chiquer pour ses cigarettes, cela m'en fait quarante. Ça suffira bien pour une journée.

À vrai dire, toute cette distribution ne nous était pas destinée. Les Prussiens ne sont pas si généreux que ça. Nous la devons simplement à une erreur.

---

[1]. Expression appartenant à l'argot militaire (abréviation de « ratatouille ») : plat chaud, ragoût servi aux soldats. Canon à rata : grosse marmite contenant la rata, transportée sur des roues.

Il y a quinze jours, nous montâmes en première ligne pour relever les camarades. Notre secteur était assez calme, et par conséquent le fourrier[2] avait reçu, pour le jour de notre retour, la quantité normale de vivres et il avait préparé tout ce qu'il fallait pour les cent cinquante hommes de la compagnie. Or, précisément, le dernier jour il y eut, chez nous, un marmitage[3] exceptionnel ; l'artillerie lourde anglaise pilonnait sans arrêt notre position, de sorte que nous eûmes de fortes pertes et que nous ne revînmes que quatre-vingt.

Nous étions rentrés de nuit et nous avions fait aussitôt notre trou, pour pouvoir, enfin, une bonne fois, dormir convenablement ; car Katczinsky a raison, la guerre ne serait pas trop insupportable si seulement on pouvait dormir davantage. Le sommeil qu'on prend en première ligne ne compte pas et quinze jours chaque fois c'est long.

Il était déjà midi lorsque les premiers d'entre nous se glissèrent hors des baraquements. Une demi-heure plus tard chacun avait pris sa gamelle et nous nous groupâmes devant la « Marie-rata[4] », à l'odeur grasse et nourrissante. En tête, naturellement, étaient les plus affamés : le petit Albert Kropp, qui, de nous tous, a les idées les plus claires, et c'est pour cela qu'il est déjà soldat de première classe ; Müller, numéro cinq, qui traîne encore avec lui des livres de classe et rêve d'un examen de repêchage (au milieu d'un bombardement il pioche des théorèmes de physique) ; Leer, qui porte toute sa barbe et qui a une grande prédilection pour les filles des bordels d'officiers ; il affirme sous serment qu'elles sont obligées, par ordre du commandement, de porter des chemises de soie et, pour les visiteurs à partir de capitaine,

---

2. Sous-officier chargé du cantonnement des troupes et du couchage, des distributions de vivres…

3. De marmite, obus de gros calibre : bombardement.

4. Grosse marmite contenant la « rata » des soldats.

de prendre un bain préalable; le quatrième, c'est moi, Paul Baümer. Tous quatre âgés de dix-neuf ans, tous quatre sortis de la même classe pour aller à la guerre.

Tout derrière nous, nos amis. Tjaden, maigre serrurier, du même âge que nous, le plus grand bouffeur de la compagnie. Il s'assied pour manger, mince comme une allumette et il se relève gros comme une punaise enceinte; Haie Westhus, dix-neuf ans aussi, ouvrier tourbier[5], qui peut facilement prendre dans sa main un pain de munition et dire: « Devinez ce que je tiens là »; Detering, paysan qui ne pense qu'à sa ferme et à sa femme; et, enfin, Stanislas Katczinsky, la tête de notre groupe, dur, rusé, roublard, âgé de quarante ans, avec un visage terreux, des yeux bleus, des épaules tombantes et un flair merveilleux pour découvrir le danger, la bonne nourriture et de beaux endroits où s'embusquer.

Notre groupe formait la tête du serpent qui se déroulait devant le canon à rata. Nous nous impatientions, car le cuistot était encore là immobile et attendait ingénument.

Extraits du chapitre 1.

Photographie extraite de *All quiet on the Western front*, film réalisé par Lewis Milestone d'après le roman de E.-M. Remarque, en 1930.

5. Ouvrier qui travaille à l'extraction, à la préparation de la tourbe (matière spongieuse et légère qui résulte de la décomposition de végétaux à l'abri de l'air et utilisée comme combustible).

Questions

Extrait 1

Repérer et analyser

L'auteur, le narrateur

– L'auteur est la personne réelle qui a écrit le texte, le narrateur est celui qui a la charge de raconter l'histoire.
– Définir le statut du narrateur, c'est dire s'il est ou non personnage de l'histoire. S'il est personnage, il mène le récit à la 1re personne du singulier. S'il est extérieur à l'histoire, il mène le récit à la 3e personne du singulier.

1 Qui est l'auteur du roman ?

2 a. Qui est précisément le narrateur ? À quelle personne mène-t-il le récit ? Participe-t-il aux événements qu'il raconte ?

b. En quoi le statut du narrateur est-il ici un gage d'authenticité ?

c. Quel indice grammatical permet de penser, dès la première phrase, que le narrateur va raconter l'histoire d'un destin collectif ?

L'incipit

– Signifiant en latin « il commence », le terme « incipit » désigne les premiers mots ou les toutes premières pages d'un ouvrage.
– Le narrateur peut choisir de fournir d'emblée au lecteur des informations concernant les personnages, le cadre spatio-temporel et les données de l'intrigue ; il peut aussi plonger le lecteur immédiatement dans l'action (incipit *in medias res*).
– L'incipit a pour fonction de permettre au lecteur d'entrer dans l'univers romanesque. Mais il doit aussi susciter l'intérêt pour donner envie de poursuivre la lecture du texte.

3 Quel choix d'ouverture le narrateur a-t-il fait ? Quel est selon vous l'intérêt de ce choix ?

4 a. Quelles informations le narrateur fournit-il concernant sa nationalité, son âge, le milieu dans lequel vivent les personnages et la situation dans laquelle ils se trouvent ? Appuyez-vous sur un relevé des champs lexicaux : sont-ils montrés au repos ou en action ?

b. Quelles informations fournit-il concernant la nationalité d'une des lignes ennemies ?

c. Le narrateur fournit-il des indications précises sur le cadre géographique et sur l'époque ?

À l'Ouest rien de nouveau

L'énonciation

Le système des temps

L'énonciateur est celui qui produit un énoncé. Dans un roman, l'énonciateur est le narrateur.
– L'énonciateur peut rapporter des faits au moment où il les vit. Ces faits sont alors en rapport avec le moment de l'énonciation. Le présent est le temps de référence. Les autres temps utilisés sont le passé composé, l'imparfait, le futur, le futur antérieur. Les adverbes de temps et de lieu sont aujourd'hui, hier, demain, ici…
– L'énonciateur peut rapporter des faits passés qui sont coupés du présent de l'énonciation. Le temps de référence est le passé simple. Les autres temps sont l'imparfait, le plus-que-parfait, le passé antérieur, le futur dans le passé. Les adverbes : la veille, le lendemain, là…

5 Les faits rapportés sont-ils proches du moment de l'écriture ? Appuyez-vous pour répondre sur les temps utilisés dans les lignes 1 à 24 et sur les adverbes de temps dans les lignes 1 à 6. Quel est l'effet produit sur le lecteur ?

6 Délimitez les lignes dans lesquelles le narrateur rapporte un fait coupé du présent. Appuyez-vous sur les temps verbaux et les indications temporelles.

7 Dans quel passage le narrateur utilise-t-il un présent de description, sans valeur temporelle ? Citez des exemples.

Le niveau de langage

Selon les circonstances, la situation d'énonciation, l'effet qu'il veut produire, l'énonciateur peut choisir de s'exprimer en utilisant un langage soutenu, courant ou familier.

8 Quel est le niveau de langage que le narrateur utilise de façon dominante dans l'ensemble de l'extrait ? Justifiez votre réponse. Quel est l'effet produit sur le lecteur ?

Les motifs (ou *topoï*) du récit de guerre

Un *topos* (pluriel, *topoï*, du mot grec qui signifie « lieu ») est un motif propre à certains genres romanesques et qui revient de façon récurrente.

Extrait 1   15

Le front

9 a. Que veut dire le narrateur lorsqu'il dit :
– « Nous sommes à neuf kilomètres en arrière du front » (l. 1) ?
– « Il y a quinze jours nous montâmes en première ligne pour relever les camarades » (l. 25-26) ?
b. Quelles informations fournit-il quant au rythme de vie des soldats selon qu'ils sont au front ou à l'arrière ?

La vie quotidienne

10 a. Par quel événement considéré comme exceptionnel le narrateur commence-t-il le récit ? Quelle explication en donne-t-il ?
b. Relevez le champ lexical de la nourriture. Quelle place la nourriture tient-elle dans le quotidien des personnages ?
c. Quel élément autre que la nourriture tient une place importante pour certains personnages (l. 17 à 21) ?

Les portraits de groupe

> Dans les récits de guerre, le narrateur effectue des portraits de groupe. Les personnages, caractérisés par quelques traits essentiels, sont socialement représentatifs et sont souvent des hommes simples.

11 Qui sont les personnages dont fait mention le narrateur et qui partagent son quotidien ? Précisez leur âge et relevez les traits qui les caractérisent physiquement et moralement. Quelles sont leurs activités dans la vie civile ?

Le réalisme et la portée du texte

> Le réalisme répond à une volonté de retranscrire la réalité.

12 a. En quoi ce début de roman se présente-t-il comme un témoignage vécu ? Dans quel camp le narrateur se trouve-t-il ?
b. Quelle première image le narrateur donne-t-il des conditions de vie des soldats en temps de guerre ?
13 Dans *À l'Ouest rien de nouveau* comme dans d'autres récits de guerre, le narrateur ne fournit guère de précisions sur la chronologie ni sur le cadre géographique. Dans quelle intention, selon vous ?

Extrait 2

« Je suis assis auprès du lit de Kemmerich »

Les quatre soldats rendent visite à leur camarade, Franz Kemmerich, grièvement blessé et amputé d'une jambe. Ils se rendent compte que leur ami ne survivra pas.

En rentrant aux baraquements, ils discutent de leur instruction militaire : elle fut éprouvante, en majeure partie à cause de leur caporal, Himmelstoss, une brute sadique qui n'avait qu'une idée en tête : « leur en faire baver... ». Paul précise que ce caporal est une exception. Mais ce traitement les rend « durs, impitoyables, vindicatifs et bruts », ce qui fut un bien. En effet, sans cette préparation physique et psychologique d'une dureté presque insupportable, ils seraient devenus fous dans les tranchées... Paul retourne ensuite à l'hôpital voir son ami Franz Kemmerich.

*

Je suis assis près du lit de Kemmerich. Il se défait de plus en plus. Autour de nous il y a beaucoup de chambard[1]. Un train sanitaire vient d'arriver et l'on choisit les blessés capables d'être transportés. Le médecin passe devant le lit de Kemmerich, il ne le regarde même pas.

« Ce sera pour la prochaine fois, Franz », lui dis-je.

Il se dresse sur les coudes, parmi ses coussins.

« Ils m'ont amputé » dit-il.

Ainsi, il le sait donc maintenant. Je fais un signe de tête et je réponds : « Sois donc heureux de t'en être tiré comme cela. »

| **1.** Mot familier signifiant bouleversement, remue-ménage.

Il se tait.

Je reprends :

« Ça pouvait être les deux jambes, Franz Wegeler a perdu le bras droit, c'est beaucoup plus mauvais. Et puis, tu rentreras chez toi. »

Il me regarde :

« Crois-tu ?

— Naturellement. »

Il répète :

« Crois-tu ?

— Sûrement, Franz. Seulement il faut d'abord que tu te remettes de l'opération. »

Il me fait signe de m'approcher. Je m'incline vers lui et il murmure :

« Je ne le crois pas.

— Ne dis pas de bêtises, Franz ; dans quelques jours, tu t'en rendras compte toi-même.

Qu'est-ce que c'est qu'une jambe de moins ? Ici l'on répare des choses beaucoup plus graves. »

Il lève la main en l'air.

« Regarde-moi ça, ces doigts.

— Cela vient de l'opération. Mange bien et tu te remettras. Êtes-vous bien nourris ? »

Il me montre une assiette à moitié pleine. Je m'emballe presque :

« Franz, il faut que tu manges, manger est le principal. C'est pourtant bon, ici. »

Il proteste de la main. Au bout d'un instant, il dit lentement :

« Autrefois, je voulais devenir officier forestier.

— Mais, tu le peux encore, dis-je, pour le consoler. Il y a maintenant des appareils de prothèse magnifiques ; avec eux tu ne t'aperçois même pas qu'il te manque un membre. Ils se raccordent parfaitement avec les muscles. Avec ces appareils qui remplacent la main, on peut remuer les doigts et travailler, même écrire. Et, en outre, il y a toujours des inventions nouvelles. »

Il reste un moment silencieux, puis il dit :

« Tu peux prendre mes bottes pour Müller. »

Je fais signe que oui, et je me demande ce que je pourrais bien lui dire d'encourageant. Ses lèvres sont effacées et sa bouche est devenue plus grande, ses dents sont saillantes, on dirait de la craie, la chair se fond, le front se bombe plus fortement, les os des joues saillent. Le squelette s'élabore. Déjà les yeux s'enfoncent. Dans quelques heures ce sera fini.

Ce n'est pas le premier que je vois, mais nous avons grandi ensemble et c'est bien différent. J'ai copié mes devoirs sur les siens. À l'école, il portait le plus souvent un costume marron avec une ceinture ; les manches étaient lustrées par le frottement. En outre, il était le seul, parmi nous, capable de faire, à la barre fixe, le grand soleil. Alors, ses cheveux flottaient sur son visage, comme de la soie. Kantorek, à cause de cela, était fier de lui ; mais il ne pouvait pas supporter les cigarettes. Sa peau était très blanche. Il avait en lui quelque chose d'une fille.

Je regarde mes bottes ; elles sont grandes et grossières, la culotte y bouffe ; lorsqu'on se lève, on a l'air gros et fort dans ces vastes tuyaux. Mais, lorsque nous allons nous baigner et que nous nous déshabillons, soudain nos jambes et nos épaules redeviennent minces. Nous ne sommes plus alors des soldats, mais presque des enfants, et l'on ne croirait pas que nous pouvons porter le sac. Quand nous sommes nus, c'est un moment étrange : nous sommes des civils et aussi nous nous sentons presque tels.

Franz Kemmerich, au bain, avait l'air petit et mince comme un enfant et voici que maintenant il est là étendu, et pourquoi cela ? On devrait conduire le monde entier devant ce lit en disant : « Voici Franz Kemmerich, âgé de dix-neuf ans et demi, il ne veut pas mourir, ne le laissez pas mourir. »

Mes pensées deviennent confuses. Cette atmosphère de phénol et de gangrène encrasse les poumons ; c'est une sorte de bouillie lourde, qui vous étouffe.

L'obscurité arrive. La figure de Kemmerich blêmit ; elle ressort au milieu des oreillers et elle est si pâle qu'elle semble luire faiblement. La bouche remue doucement. Je m'approche de lui. Il murmure : « Si vous trouvez ma montre, envoyez-la chez moi. »

Je ne proteste pas. C'est inutile à présent. Il n'y a plus moyen de le persuader. Mon impuissance m'accable. Oh ! Ce front aux tempes affaissées, cette bouche qui n'est plus qu'une denture, ce nez si amenuisé ! Et la grosse femme qui pleure chez elle et à qui je dois écrire. Ah ! si seulement cette lettre était faite !

Des infirmiers passent avec des bouteilles et des seaux. L'un deux avance, jette sur Kemmerich un regard inquisiteur et s'éloigne ; on voit qu'il attend. Probablement, il a besoin du lit.

Je m'approche de Franz et je parle comme si j'étais capable de le sauver :

« Peut-être t'enverra-t-on au Foyer des convalescents du Klosterberg, Franz, au milieu des villas. Tu pourras alors, de ta fenêtre, voir toute la campagne jusqu'aux deux arbres qui sont à l'horizon. C'est maintenant la plus belle saison de l'année, quand le grain mûrit ; le soir, au soleil, les champs ressemblent à de la nacre. Et l'allée de peupliers le long du Klosterbach où nous prenions des épinoches[2] ! Tu pourras alors t'installer un aquarium et élever des poissons,

---

| **2.** Poisson (qui porte de deux à quatre épines indépendantes sur le dos).

tu pourras sortir sans avoir besoin de demander la permission à personne et tu pourras même jouer du piano, si tu veux. »

Je me penche sur son visage, qui est plongé dans l'ombre. Il respire encore faiblement. Sa figure est mouillée, il pleure. Ah! j'ai fait du joli, avec mes sottes paroles!

« Voyons, Franz! »

Je mets mon bras autour de son épaule et j'approche mon visage du sien.

« Veux-tu dormir, maintenant?

Il ne répond pas. Les larmes lui coulent le long des joues. Je voudrais les essuyer, mais mon mouchoir est trop sale.

Une heure se passe, je suis assis là, tendu, et j'observe chacune de ses expressions pour voir si peut-être il veut dire encore quelque chose. S'il voulait seulement ouvrir la bouche et crier! Mais il ne fait que pleurer, la tête penchée de côté. Il ne parle pas de sa mère ni de ses frères et sœurs, il ne dit rien; sans doute que tout cela est déjà loin de lui. Il est maintenant tout seul avec sa petite vie de dix-neuf ans et il pleure parce qu'elle le quitte.

C'est là le trépas le plus émouvant et le plus douloureux que j'aie jamais vu, quoique chez Tiedjen aussi, ce fut bien triste, lui qui, gaillard comme un ours, hurlait en réclamant sa mère et qui, les yeux grands ouverts, écartait anxieusement le médecin de son lit avec une baïonnette, jusqu'au moment où il tomba mort.

Soudain, Kemmerich gémit et il commence à râler.

Je bondis, je sors de la pièce en titubant et je demande :

« Où est le médecin? Où est le médecin? »

Lorsque je vois la blouse blanche, je l'arrête.

« Venez vite, sinon Franz Kemmerich va mourir. »

Il se dégage et demande à un infirmier qui se trouve là :

« Qu'est-ce que cela signifie? »

L'autre répond :

« Lit 26. Le haut de la cuisse amputé. »

Le médecin reprend rudement :

« Comment pourrais-je savoir ce qui se passe ? J'ai coupé aujourd'hui cinq jambes. »

Il me repousse et dit à l'infirmier :

« Allez-y voir. »

Et il court à la salle d'opération.

Je frémis de rage, en accompagnant l'infirmier. L'homme me regarde et dit :

« Une opération après l'autre, depuis cinq heures du matin, mon vieux, je te dis, rien qu'aujourd'hui encore seize décès. Le tien est le dix-septième. À coup sûr, il y en aura bien vingt. »

Je me sens défaillir, je n'ai plus la force d'avancer. Je ne veux plus m'indigner, c'est inutile. Je voudrais bien me laisser tomber et ne plus jamais me relever. Nous sommes devant le lit de Kemmerich. Il est mort, le visage est encore mouillé par les larmes. Les yeux sont à demi ouverts. Ils sont jaunes, comme de vieux boutons de corne…

L'infirmier me donne un coup dans les côtes.

« Prends-tu ses affaires ? »

Je fais signe que oui.

Il poursuit :

« Il faut que nous l'emportions aussitôt, nous avons besoin du lit. D'autres attendent dehors dans le couloir. »

Je prends les affaires et je retire à Kemmerich sa plaque d'identité. L'infirmier demande le livret militaire. Il n'est pas là. Je dis qu'il se trouve sans doute au bureau de la compagnie et je m'en vais. Derrière moi, ils tirent déjà Franz sur une toile de tente.

Dehors, l'obscurité et le vent sont pour moi comme une délivrance. Je respire aussi fort que je peux et je sens l'air effleurer mon visage avec plus de chaleur et de douceur que jamais. Soudain, je me mets à penser à des jeunes filles, à des prairies en fleurs, à des nuages blancs. Mes pieds marchent d'eux-mêmes dans mes chaussures : je vais plus vite, je cours. Des soldats passent à côté de moi ; ce qu'ils disent m'émeut, sans même que je le comprenne. La terre est gonflée d'énergies qui se répandent en moi, en passant par la plante de mes pieds. La nuit craque d'étincelles électriques ; la ligne de feu résonne sourdement comme un concert de tambours. Mes membres se meuvent avec agilité. Je sens que mes articulations sont pleines de force. Je souffle et je m'ébroue. La nuit est vivante. Moi aussi, je suis vivant. J'ai faim, une faim beaucoup plus intense que si elle ne venait que de mon estomac.

Müller est devant le baraquement. Il m'attend. Je lui donne les bottes de Kemmerich. Nous entrons et il les essaie ; elles lui vont très bien. Il fouille dans ses provisions et m'offre un bon morceau de cervelas. En outre, il y a du thé au rhum, bien chaud.

Extraits du chapitre 2.

Questions

Extrait 2

Repérer et analyser

La conduite du récit

Le mode de narration, les commentaires du narrateur

> Le narrateur peut varier les modes de narration et la conduite du récit, alternant passages narratifs, dialogue, analyse et commentaires.

1 Montrez à partir d'exemples que le narrateur alterne passages narratifs, dialogues, commentaires.

2 À quel temps de l'indicatif le récit est-il mené ? Justifiez l'emploi de ce temps.

Le rythme

> Le rythme de la narration ne correspond pas toujours au temps vécu par les personnages. Plusieurs mois peuvent être racontés en deux lignes et quelques instants peuvent être décrits en deux pages. Cela dépend de l'importance que le narrateur accorde à tel ou tel autre moment.
> On parle de scène lorsque le narrateur donne au lecteur l'illusion que la durée des événements racontés équivaut au temps qu'il met à lire le texte : le lecteur a alors l'impression d'assister à la scène en temps réel.

3 a. Quelle est la scène racontée ? Dans quel lieu se déroule-t-elle ?
b. Qui sont les personnages ? Dans quelle situation se trouvent-ils ?

4 a. Relevez quelques exemples de verbes, mots ou expressions qui signalent les prises de parole et fournissent des précisions sur les gestes des personnages, le ton de leur voix.
b. Que traduisent ces gestes, ces intonations, de l'état physique et moral des personnages ?

5 À partir de quelle ligne le dialogue se change-t-il en monologue ?

Les personnages

Le narrateur

6 Relevez quelques arguments par lesquels le narrateur cherche à adoucir la souffrance de Kemmerich.

7 a. Relisez les lignes 101 à 111 : quelle vision propose-t-il à Franz ? Quel temps de l'indicatif utilise-t-il principalement ?

b. En quoi sa tentative est-elle maladroite ? Quel effet produit-elle sur Franz ?

Kemmerich

> La lucidité (du latin *lux*, *lucis*, lumière) : être lucide, c'est voir clair en soi et autour de soi, avoir conscience de ce qui se passe sans se cacher la réalité en se faisant des illusions.

8 Kemmerich est-il lucide ? Sait-il qu'il va mourir ? À quel moment le voit-on, par quelles attitudes ou quelles paroles ? Citez le texte et justifiez votre réponse.

Les motifs du récit de guerre

L'agonie et la mort

> Le réalisme : on parle de réalisme, lorsque l'auteur cherche à dépeindre la réalité telle qu'elle est.

9 a. Quels sont, sur le visage de Kemmerich, les signes qui montrent l'approche de la mort ?
b. « La figure… La bouche… Ce front, cette bouche » (l. 84 à 92) : quel est l'effet produit par les déterminants ?

La camaraderie

> Camarade vient du mot latin *camera* qui signifie chambrée et qui a donné *camarada* en espagnol, celui qui partage la même chambre ou chambrée. Un camarade est une personne avec qui on partage les mêmes habitudes ou les mêmes activités. Un camarade n'est pas un ami.

10 Kemmerich est-il plus qu'un camarade pour le narrateur ?
Pour répondre, appuyez-vous sur ses gestes de sollicitude, la façon dont il s'adresse à lui, ses différents sentiments.

L'amour de la vie (l. 173 à la fin)

11 a. Relevez à partir de la ligne 173 le champ lexical des sensations et les verbes d'action. Que traduisent-ils de l'état d'esprit du narrateur ? Comment expliquez-vous cet état d'esprit ?
b. Comment comprenez-vous la phrase : « J'ai faim, une faim beaucoup plus intense que si elle ne venait que de mon estomac » (l. 186 à 188) ?

Extrait 2

12 Les quatre éléments

L'univers est composé de quatre éléments primordiaux qui conditionnent la vie : la terre, l'eau, l'air, le feu.

a. Quels éléments de l'univers sont évoqués par le narrateur ?
b. Comment pourriez-vous qualifier la relation entre Paul et la nature à ce moment-là ?

Le souvenir des jours heureux

La nostalgie (du grec *nostos*, le retour, et *algos*, la douleur) est le regret du passé ou d'un lieu lointain.

13 a. Quels souvenirs d'enfance le narrateur évoque-t-il ? Quels temps utilise-t-il pour évoquer les souvenirs ?
b. Comment ces souvenirs lui reviennent-ils ? Lui reviennent-ils d'une manière ordonnée ?

14 Par quels détails fait-il revivre Kemmerich enfant ? Comment fait-il de lui non plus un soldat mourant parmi les autres mais un être unique ?

La portée du passage et le registre

Révolte et antimilitarisme

L'antimilitarisme est une opposition à l'esprit et aux institutions militaires. Il conduit à une critique de l'armée et de la guerre. L'auteur développe une autre thèse qui lui tient à cœur : le pacifisme. Un pacifiste est un homme qui milite pour la paix, contre la guerre dont il déteste les horreurs.

15 a. Relevez le passage précis dans lequel le narrateur se pose la question du sens de la souffrance vécue par Kemmerich. Montrez en citant le texte qu'il prend le monde entier à témoin.
b. Relevez les deux passages dans lesquels le narrateur insiste sur l'âge de Kemmerich. Quel effet cherche-t-il à produire ?

16 Une fois que Kemmerich s'est éteint, quelle autre souffrance se superpose au scandale de cette mort prématurée ? En relevant les différents termes par lesquels Kemmerich est désigné (l. 139 à 172), vous ferez la différence entre la vision qu'a le narrateur de son ami et celle qu'en a le personnel hospitalier.

17 Que révèle l'abondance de chiffres dans ce passage ?

La solitude existentielle

Il existe des moments dans la vie où l'homme est toujours seul, même lorsqu'il est entouré. La mort en fait partie.

18 À quels moments du passage le sentiment de la solitude apparaît-il ? Citez le texte.

Le registre et la visée

Le pathétique

Le registre pathétique (du grec *pathetikos* : émouvant) est un registre qui touche profondément, qui suscite une vive émotion par son caractère douloureux ou dramatique.

19 « C'est là le trépas le plus émouvant et le plus douloureux que j'aie jamais vu » (l. 129-130) : identifiez le degré d'intensité des adjectifs. Relevez quelques exemples de passages qui vous paraissent particulièrement pathétiques. En quoi le sont-ils ?

20 Quels sentiments le narrateur veut-il provoquer chez le lecteur, et notamment à l'égard de la guerre ? Appuyez-vous sur l'ensemble des réponses.

Lire

Jorge Semprun, *L'Écriture ou la Vie* (1996)
Dans ce roman autobiographique paru en 1996, Semprun évoque les deux années de sa jeunesse qu'il a passées à Buchenwald, camp de concentration nazi. Il y a vu mourir plusieurs de ses amis.

Maurice Halbwachs aussi, je l'avais pris dans mes bras, le dernier dimanche. Il était allongé dans la litière du milieu du châlit à trois niveaux, juste à la hauteur de ma poitrine. J'ai glissé mes bras sous ses épaules, je me suis penché sur son visage, pour lui parler de plus près, le plus doucement possible. Je venais de lui réciter le poème de Baudelaire, comme on récite la prière des agonisants. Il n'avait plus la force de parler, Halbwachs. Il s'était avancé dans la mort encore plus loin que ce juif inconnu sur lequel je me

penchais maintenant. Celui-ci avait encore la force, inimaginable par ailleurs, de réciter la prière des agonisants, d'accompagner sa propre mort avec des mots pour célébrer la mort. Pour la rendre immortelle, du moins. Halbwachs n'en avait plus la force. Ou la faiblesse, qui sait ? Il n'en avait plus la possibilité, en tout cas. Ou le désir. Sans doute la mort est-elle l'épuisement de tout désir, y compris celui de mourir. Ce n'est qu'à partir de la vie, du savoir de la vie, que l'on peut avoir le désir de mourir. C'est encore un réflexe de vie que ce désir mortifère.
Mais Maurice Halbwachs n'avait visiblement plus aucun désir, même pas celui de mourir. Il était au-delà sans doute, dans l'éternité pestilentielle de son corps en décomposition.
Je l'ai pris dans mes bras, j'ai approché mon visage du sien. J'ai été submergé par l'odeur fétide, fécale, de la mort qui poussait en lui comme une plante carnivore, fleur vénéneuse, éblouissante pourriture. […]
Maurice Halbwachs n'était pas mort dans mes bras. Ce dimanche-là, le dernier dimanche, j'avais été contraint de le quitter, de l'abandonner à la solitude de sa mort, les coups de sifflet du couvre-feu m'ayant obligé à regagner mon block dans le Grand Camp. Ce n'est que le surlendemain que j'ai vu son nom, dans le rapport dénombrant les mouvements des déportés. Son nom figurait dans la liste des décès quotidiens. […] J'ai pris dans le fichier central […] le casier correspondant à son matricule. J'ai sorti la fiche de Maurice Halbwachs, j'ai effacé son nom : un vivant pourrait désormais prendre la place de ce mort. Un vivant, je veux dire : un futur cadavre. J'ai fait tous les gestes nécessaires, j'ai gommé soigneusement son nom, Halbwachs, son prénom, Maurice : tous ses signes d'identité. J'avais la fiche rectangulaire dans le creux de ma main, elle était redevenue blanche et vierge : une autre vie pourrait s'y inscrire, une nouvelle mort. J'ai regardé la fiche vierge et blanche, longtemps, probablement sans la voir. Probablement ne voyais-je à cet instant que le visage absent de Halbwachs, ma dernière vision de ce visage : le masque cireux, les yeux fermés, le sourire d'au-delà.

Jorge Semprun, *L'Écriture ou la Vie* © Éditions Gallimard, 1996.

Extrait 3
« Voici le front... »

Une nuit, leur troupe de soldats arrive dans un village inconnu et apparemment vidé de tous ses habitants et de ses biens. Les soldats se couchent, résignés à jeûner... mais Kat réapparaît avec du pain frais et de la viande ! Il n'y a que lui pour dénicher de tels trésors dans un village en ruines... À leurs heures perdues, les camarades se retrouvent entre eux, échangent des souvenirs, critiquent la guerre et l'autorité abusive des caporaux.

Ils sont chargés de se rendre sur le front pour effectuer des travaux de retranchement.

Nous sommes commandés pour aller à l'avant faire des travaux de retranchement. Lorsque l'obscurité tombe, les camions commencent à rouler. Nous y grimpons. La soirée est chaude et le crépuscule nous semble une étoffe à l'abri de
5 laquelle nous nous sentons à l'aise.
[...]
L'air est alourdi par la fumée des pièces à feu et par le brouillard. On sent sur la langue la vapeur amère de la poudre. Les « départs » des obus tonnent à faire trembler
10 notre camion : l'écho s'étend en roulant avec vacarme. Tout vacille. Nos visages changent insensiblement d'expression. Nous n'allons pas, il est vrai, dans les tranchées de première ligne, mais simplement à des travaux de retranchement ; cependant, on pourrait lire, maintenant, sur chaque visage :
15 « Voici le front, nous sommes dans sa zone. »
Toutefois, ce n'est pas là de la peur. Quand on est allé en première ligne aussi souvent que nous, on est insensible. Seules les jeunes recrues sont impressionnées. Kat leur donne

Extrait 3

ille Beltrame, *Attaque dans les tranchées allemandes, protégées par des fils barbelés enchevêtrés*. Illustration publiée dans *La Domenica del Corriere*, 1916.

des renseignements : « C'était un 305[1]. Vous le reconnaissez au coup d'envoi. Vous allez tout de suite l'entendre tomber. »

Mais le bruit sourd des « arrivées[2] » ne pénètre pas jusqu'ici ; il se perd dans la confusion des rumeurs du front. Kat prête l'oreille et dit : « Cette nuit, ça va barder. »

Nous écoutons tous. Le front est agité. Kropp dit : « Les Tommies[3] tirent déjà. On entend distinctement les départs. » Ce sont les batteries anglaises, à droite de notre secteur. Elles tonnent une heure plus tôt que d'habitude. Chez nous, on ne commence jamais qu'à dix heures précises.

« Qu'est-ce qui leur prend donc ? s'écrie Müller. Sans doute que leurs montres avancent.

– Je vous dis que ça va barder. Je le sens à mes os », fait Kat, en rentrant sa tête dans ses épaules.

À côté de nous, gémissent trois obus qui partent. Le rayon de feu perce obliquement le brouillard ; les canons grondent et rugissent ; nous frissonnons et nous sommes heureux de ce que, au petit jour, nous serons rentrés dans nos baraquements.

Nos visages ne sont ni plus pâles ni plus rouges que d'habitude. Ils ne sont ni plus tendus, ni plus détendus, et pourtant ils sont différents. Nous sentons que dans notre sang un contact électrique s'est déclenché. Ce ne sont pas là de simples façons de parler. C'est une réalité. C'est le front, la conscience d'être au front, qui déclenche ce contact. Au moment où sifflent les premiers obus, où l'air est déchiré par les coups d'envoi, soudain s'insinuent dans nos artères, dans nos mains, dans nos yeux une attente contenue, une façon d'être aux aguets, une acuité plus forte de l'être, une finesse singulière des sens. Le corps est soudain prêt à tout.

---

[1]. Nom donné à certains obus, correspondant à leur calibre.
[2]. Arrivées d'obus.
[3]. Soldats anglais.

Souvent il me semble que c'est l'air ébranlé et vibrant qui bondit sur nous, avec des ailes silencieuses. Il me semble encore que c'est le front lui-même duquel rayonne un fluide électrique, qui mobilise en moi des fibres nerveuses inconnues.

Chaque fois, c'est la même chose. Quand nous partons, nous sommes de vulgaires soldats, maussades ou de bonne humeur. Puis viennent les premières positions d'artillerie et alors chaque mot que nous disons rend un son tout autre…

Lorsque Kat est devant nos baraquements de repos et qu'il dit : « Ça va barder », c'est là son opinion, voilà tout ; mais, lorsque c'est ici qu'il dit cela, la phrase prend la dureté d'une baïonnette au clair de lune. Elle traverse vivement toutes nos pensées ; elle est plus proche de nous et évoque dans cet inconscient qui s'éveille en nous une obscure signification : « Ça va barder. » Peut-être est-ce alors notre vie la plus intime et la plus secrète qui vibre et qui se hérisse pour la défense ?

*

Pour moi, le front est un tourbillon sinistre. Lorsqu'on est encore loin du centre, dans une eau calme, on sent déjà la force aspirante qui vous attire, lentement, inévitablement, sans qu'on puisse y opposer beaucoup de résistance. Mais de la terre et de l'air nous viennent des forces défensives, surtout de la terre. Pour personne, la terre n'a autant d'importance que pour le soldat. Lorsqu'il se presse contre elle longuement, avec violence, lorsqu'il enfonce profondément en elle son visage et ses membres, dans les affres mortelles du feu, elle est alors son unique amie, son frère, sa mère. Sa peur et ses cris gémissent dans son silence et dans son asile : elle les accueille et de nouveau elle le laisse partir pour dix autres secondes de course et de vie, puis elle le ressaisit, – et parfois pour toujours.

Terre ! terre ! terre !

Terre, avec tes plis de terrain, tes trous et tes profondeurs où l'on peut s'aplatir et s'accroupir, ô terre dans les convulsions de l'horreur, le déferlement de la destruction et les hurlements de mort des explosions, c'est toi qui nous as donné le puissant contre-courant de la vie sauvée. L'ébranlement éperdu de notre existence en lambeaux a trouvé un reflux vital qui est passé de toi dans nos mains, de sorte que, ayant échappé à la mort, nous avons fouillé tes entrailles et, dans le bonheur muet et angoissé d'avoir survécu à cette minute, nous t'avons mordue à pleines lèvres…

Une partie de notre être, au premier grondement des obus, s'est brusquement vue ramenée à des milliers d'années en arrière. C'est l'instinct de la bête qui s'éveille en nous, qui nous guide et nous protège. Il n'est pas conscient, il est beaucoup plus rapide, beaucoup plus sûr et infaillible que la conscience claire ; on ne peut pas expliquer ce phénomène. Voici qu'on marche sans penser à rien et soudain on se trouve couché dans un creux de terrain et l'on voit au-dessus de soi se disperser des éclats d'obus, mais on ne peut pas se rappeler avoir entendu arriver l'obus, ni avoir songé à se jeter par terre. Si l'on avait attendu de le faire, l'on ne serait plus maintenant qu'un peu de chair çà et là répandu. C'est cet autre élément, ce flair perspicace qui nous a projetés à terre et qui nous a sauvés sans qu'on sache comment. Si ce n'était pas cela, il y a déjà longtemps que, des Flandres aux Vosges, il ne subsisterait plus un seul homme.

Quand nous partons, nous ne sommes que de vulgaires soldats, maussades ou de bonne humeur et, quand nous arrivons dans la zone où commence le front, nous sommes devenus des hommes-bêtes.

[…]

*

Une clarté rougeâtre et incertaine recouvre l'horizon d'un bout à l'autre. Elle est continuellement en mouvement, traversée par les éclairs jaillis des pièces. Des fusées s'élèvent au-dessus de tout cela, boules rouges et argentées qui éclatent et qui retombent en une pluie d'étoiles vertes, rouges et blanches. Les fusées des Français bondissent en déployant dans l'air un parachute de soie et puis descendent lentement vers la terre. Elles donnent une lumière semblable à celle du jour ; leur éclat pénètre jusqu'à nous et nous voyons distinctement notre ombre sur le sol. Elles planent pendant des minutes avant de s'éteindre. Aussitôt il en surgit partout de nouvelles et puis, par intervalles, les vertes, rouges et bleues.

« Sale affaire ! » dit Kat.

[…]

*

Enfin, je m'endors pour de bon. Lorsque, tout à coup, je me redresse vivement, je ne sais plus où je suis : je vois les étoiles, je vois les fusées et j'ai un instant l'impression de m'être endormi dans un jardin, au cours d'une fête.

[…]

Ça commence. Nous décampons, en rampant aussi vite que possible. Le coup suivant vient déjà se placer parmi nous. On entend quelques cris. À l'horizon montent des fusées vertes. La boue est projetée très haut ; des éclats de projectiles bourdonnent. On entend leur claquement sur le sol longtemps après que l'explosion de l'obus s'est tue.

[…]

Les cris continuent. Ce ne sont pas des êtres humains qui peuvent crier si terriblement. Kat dit : « Chevaux blessés. »

Je n'ai encore jamais entendu crier des chevaux et je puis à peine le croire. C'est toute la détresse du monde. C'est la créature martyrisée, c'est une douleur sauvage et terrible qui gémit ainsi. Nous sommes devenus blêmes. Detering se dresse : « Nom de Dieu ! achevez-les donc ! »

Il est cultivateur et il connaît les chevaux. Cela le touche de près. Et, comme par un fait exprès, à présent le bombardement se tait presque. Les cris des bêtes se font de plus en plus distincts. On ne sait plus d'où cela vient, au milieu de ce paysage couleur d'argent, qui est maintenant si calme ; la chose est invisible, spectrale. Partout, entre le ciel et la terre ces cris se propagent immensément. Detering se dresse, furieux : « Nom de Dieu ! achevez-les ! mais achevez-les donc, nom de Dieu !

– Il faut d'abord qu'ils aillent ramasser les hommes », dit Kat.

Nous nous levons pour tâcher de découvrir l'endroit. Si nous voyions les animaux, nous supporterions mieux la chose. Meyer a une jumelle. Nous apercevons un groupe sombre d'infirmiers avec des brancards et de grandes masses noires qui s'agitent. Ce sont les chevaux blessés. Mais ils ne sont pas tous là. Quelques-uns continuent de galoper, s'abattent et reprennent leur course. L'un deux a le ventre ouvert ; ses entrailles pendent tout du long. Il s'y entrave et tombe, mais pour se relever encore. Detering lève son fusil et vise. Kat le détourne vivement :

« Es-tu fou ? »

Detering tremble et jette son fusil à terre. Nous nous asseyons et nous nous bouchons les oreilles, mais ces plaintes, ces cris de détresse, ces horribles gémissements y pénètrent quand même, pénètrent tout.

On peut dire que nous sommes tous capables de supporter beaucoup ; mais en ce moment, la sueur nous inonde. On voudrait se lever et s'en aller en courant, n'importe où, pourvu qu'on n'entende plus ces plaintes. Et, pourtant, ce ne sont pas des êtres humains, ce ne sont que des chevaux. De nouveau, des brancards se détachent du sombre peloton. Puis, quelques coups de feu crépitent. Les grosses masses vacillent et s'aplatissent. Enfin! Mais ce n'est pas encore fini. Les gens ne peuvent pas s'approcher des bêtes blessées qui s'enfuient dans leur angoisse, en portant dans leur bouche large ouverte toute la souffrance. Une des silhouettes se met à genoux. Un coup de feu: un cheval s'abat, un autre encore. Le dernier se campe sur les jambes de devant et tourne en cercle comme un carrousel. Assis, il tourne en cercle sur ses jambes de devant raidies; il est probable qu'il a la croupe fracassée. Le soldat court vers lui et lui tire un coup de feu. Lentement, humblement, la masse s'abat sur le sol. Nous ôtons les mains de nos oreilles. Les cris se sont tus. Il ne reste plus, suspendu dans l'air, qu'un long soupir mourant. Puis il n'y a plus que les fusées, le sifflement des obus et les étoiles, – et cela nous semble presque étonnant.

Detering va et vient en pestant. « Je voudrais savoir le mal qu'ont fait ces bêtes. » Ensuite, il revient sur le même sujet. Sa voix est émue, elle est presque solennelle lorsqu'il lance: « Je vous le dis, que des animaux fassent la guerre, c'est la plus grande abomination qui soit! »

*

Nous reprenons le chemin de l'arrière, il est temps de rejoindre nos camions. Le ciel est devenu un peu plus clair. Il est trois heures du matin, le vent est frais et même froid et l'heure livide donne à nos visages un teint de cendre.

[...]

À ce moment-là, nous entendons derrière nous un sifflement, qui grandit, et qui devient un grondement puissant comme le tonnerre. Nous nous sommes baissés; à cent mètres en avant de nous jaillit un nuage de feu. La minute suivante, une partie du bois s'élève lentement dans l'air.

C'est un second obus qui vient de tomber et trois ou quatre arbres sont emportés et puis se brisent en morceaux. Déjà les obus suivants se pressent avec un bruit de soupape de chaudière ; le feu est intense.

[...]

Le bois disparaît, il est mis en pièces, broyé, anéanti. Nous sommes obligés de rester ici dans le cimetière.

Devant nous, la terre se crève. C'est une pluie de mottes. Je sens une secousse, ma manche est déchirée par un éclat. Je serre le poing, pas de douleur. Mais je ne suis quand même pas rassuré, car les blessures ne font mal qu'au bout d'un certain temps. Je passe la main sur mon bras. Il est égratigné, mais intact. Voilà que mon crâne reçoit un tel choc que ma conscience s'obscurcit presque. Une pensée fulgure[4] dans mon esprit : « Ne pas m'évanouir ! » Je me sens sombrer dans le noir et me remets aussitôt. Un éclat d'obus a frappé mon casque, mais il venait de si loin qu'il ne l'a pas traversé. J'essuie la saleté qui m'empêche d'y voir ; devant moi un trou est béant. Je l'aperçois, quoique difficilement. Il est rare que plusieurs obus tombent successivement dans le même entonnoir[5]. C'est pourquoi je veux m'y mettre. D'un bond, je m'y allonge. Je suis là aplati comme un poisson hors de l'eau. Mais de nouveau ça siffle. Vite, je me recroqueville ; je cherche à m'abriter. Je sens quelque chose à gauche de moi, je me serre contre cela, la chose cède. Je geins, la terre se déchire, la pression de l'air gronde à mes oreilles, je me glisse sur cette chose qui ne résiste pas. Je m'en recouvre ; c'est du bois et de l'étoffe, un abri, un misérable abri contre les éclats qui viennent s'abattre autour de moi.

---

4. Du latin *fulgur*, foudre : briller comme l'éclair, d'un éclat vif et passager.

5. Excavation produite par une explosion, un obus (trou d'obus), une bombe.

J'ouvre les yeux, mes doigts tiennent serrée une manche d'habit, un bras humain, est-ce un blessé ? Je lui parle aussi fort que je peux ; pas de réponse, c'est un mort. Ma main fouille plus loin, trouve des débris de bois… alors je me souviens que nous sommes dans le cimetière.

Mais le feu est plus fort que tout. Il anéantit les sens ; je m'enfonce encore davantage sous le cercueil, il faut qu'il m'abrite, même s'il renferme la Mort.

Devant moi, l'entonnoir est béant. Je le saisis des yeux, comme si je l'empoignais. Il faut enfin que je m'y glisse d'un saut. Mais quelque chose me frappe au visage et une main s'accroche à mon épaule. Le mort s'est-il réveillé ? La main me secoue. Je tourne la tête et une seconde lueur me fait apercevoir la figure de Katczinsky ; il a la bouche grande ouverte et il hurle quelque chose. Je n'entends rien ; il me secoue, il s'approche. Dans un moment d'accalmie, sa voix me parvient. « Les gaz… gaaaz… gaaaz… Faites passer !… »

Je saisis ma boîte à masque ; quelqu'un est étendu non loin de moi, je ne pense plus qu'à une chose : il faut que celui-là aussi sache ! « Les gaaaz, les gaaaz… »

Je l'appelle, je me traîne vers lui, je brandis ma boîte à masque dans sa direction ; il ne remarque rien. Encore une fois, encore une fois : il ne pense qu'à se recroqueviller. C'est une recrue. Je regarde désespérément du côté de Kat, il a mis son masque, je sors vivement le mien, mon casque vole à terre et le masque glisse sur mon visage. J'arrive à l'endroit où est l'homme. Sa boîte à masque est là tout près ; je saisis le masque, je le mets sur sa tête. Il le prend, je le laisse et soudain, d'une saccade, je me jette dans l'entonnoir.

Le bruit sourd des obus à gaz se mêle au craquement des projectiles explosifs. Une cloche retentit parmi les explosions ; des gongs et des coups frappés sur le métal annoncent partout les gaz, les gaz, les gaaaz…

Derrière moi, un bruit d'écroulement, une fois, deux fois. J'essuie les lunettes de mon masque pour effacer la vapeur de l'haleine. Il y a là Kat, Kropp et un autre. Nous sommes là quatre en proie à une tension lourde, aux aguets, et nous respirons aussi faiblement que possible.

Ces premières minutes avec le masque décident de la vie ou de la mort : le tout est de savoir s'il est imperméable. J'évoque les terribles images de l'hôpital : les gazés qui crachent morceau par morceau, pendant des jours, leurs poumons brûlés.

Avec précaution je respire, la bouche pressée contre le tampon. Maintenant la nappe de gaz atteint le sol et s'insinue dans les creux. Comme une vaste et molle méduse qui s'étale dans notre entonnoir, elle en remplit tous les coins. Je pousse Kat. Il vaut mieux sortir de notre coin et nous aplatir plus haut, au lieu de rester ici où le gaz s'accumule. Mais nous n'y parvenons pas, car une seconde grêle d'obus se met à tomber. On ne dirait plus que ce sont les projectiles qui hurlent ; on dirait que c'est la terre elle-même qui est enragée.

Extraits du chapitre 4.

Questions

Extrait 3   39

Repérer et analyser

La zone du front

1 À quel moment de la journée les amis arrivent-ils sur le front ? Quelles sont les conditions climatiques ?

2 a. Quels sont les signes qui marquent la proximité du front ?
b. Qui sont les ennemis en présence ?

3 Relevez le lexique du bruit (l. 24 à 37) et la personnification (l. 33 à 37). Quel sont les éléments personnifiés ? Quel est l'effet produit ?

4 La métaphore et la métaphore filée

> Une métaphore rapproche deux éléments, le comparé et le comparant, sans outil de comparaison. Exemple : une pluie de feu. Élément comparé : la chute des bombes et des obus ; comparant : une pluie de feu. On appelle « métaphore filée » une métaphore qui se développe sur une ou plusieurs phrases.

a. Relisez les lignes 43 à 50.
Expliquez la métaphore filée par laquelle le narrateur traduit l'impact des obus. Quelle attitude animale est évoquée ?
b. Par quelle autre métaphore le narrateur caractérise-t-il le front lignes 66 à 69 ?

5 L'emphase

> L'emphase est un procédé d'exagération ou de mise en valeur. Certaines formes de phrases comportent des mises en relief qu'on appelle formes emphatiques, la forme la plus courante étant la forme de phrase à présentatif qui permet de mettre en relief le propos en l'encadrant de l'expression : « c'est… qui/que » ; « voici/voilà… qui/que » ; « il y a… qui/que ».

Relevez les trois formules emphatiques dans les lignes 38 à 48.

Les motifs du récit de guerre

L'homme-bête

> Un *topos* du roman de guerre est la métamorphose de l'homme en animal.

6 Relisez les lignes 91 à 110.
a. Expliquez l'expression « Nous sommes devenus des hommes bêtes » : quels points communs l'homme, lorsqu'il est à la guerre, a-t-il avec l'animal ?

b. Relevez les expressions appartenant aux deux champs lexicaux opposés, de la pensée et de l'instinct.

c. Le narrateur peut-il expliquer ce phénomène de métamorphose ? Ce phénomène est-il un bien pour les hommes ?

La symbolique de la terre-mère

> Depuis l'Antiquité, les hommes considèrent la terre comme une mère. Elle est la Mère universelle, la mère des dieux. Les premières divinités représentant Gaia, la Terre, sont d'opulentes déesses-mères. Dans certains mythes elle est à l'origine du monde, elle est la mère des premiers dieux mais aussi des hommes. La terre, en effet, nourrit les hommes en leur donnant ses fruits. Enfin, c'est en elle qu'on enfouit les morts.

7 Quels sont les rapports des soldats à la terre ? Montrez en citant le texte que la terre est personnifiée.

8 L'apostrophe

> L'apostrophe est une figure de style qui consiste à s'adresser solennellement à une personne présente ou absente ou à une réalité qu'on personnifie.

Relevez l'apostrophe puis retrouvez dans le texte la symbolique de la terre-mère. Appuyez-vous sur un relevé des jeux d'opposition entre vie et mort.

9 La gradation

> La gradation crée une dramatisation en ordonnant les termes d'un énoncé dans une succession croissante.

Quelle est la valeur de la gradation ligne 75 ?

L'innocence martyrisée : les chevaux (l. 131 à 196)

> Les chevaux partagent le sort des soldats. Les descriptions des chevaux éventrés par les obus ainsi que le respect de soldats pour l'animal blessé sont des motifs du récit de guerre.

10 a. Relevez les passages où sont évoqués les cris des chevaux et montrez-en la progression.

b. Que représentent ces cris pour le narrateur et ses camarades, lignes 138 à 144 ? Pourquoi les chevaux semblent-ils porter en eux la souffrance du monde ?

c. Quel est le personnage le plus ému et pourquoi ?

Extrait 3   41

11 Quelle est la force de la conclusion de Detering (l. 192 à 196) par rapport à la visée du roman ?

Le paysage massacré

12 Relisez les lignes 202 à 240.
Par quels procédés (temps de verbes, champ lexical, indications spatio-temporelles, etc.) est mise en valeur la rapidité avec laquelle le paysage est massacré ?

Le soldat dans l'enfer de la guerre

13 Relisez les lignes 202 à 235.
a. Où le narrateur se trouve-t-il ?
b. Montrez qu'il retranscrit la scène selon son point de vue : ce qu'il sent, ce qu'il entend.
c. Avec quel sens se repère-t-il essentiellement ?

14 Quel est le champ lexical dominant dans les lignes 265 à 268 ? Citez-en les termes. Qu'en concluez-vous sur les impressions ressenties par les soldats au front ?

15 À quel animal les gaz sont-ils comparés (l. 281-282) ? Quels sont les effets des gaz sur les soldats ? Comment peuvent-ils s'en protéger ?

La fascination esthétique de la guerre (l. 112 à 129)

On entend ici par esthétique le caractère de beauté qu'on recherche dans une réalité, quelle qu'elle soit. On peut en effet rechercher cette esthétique même quand tout s'oppose à l'idée du beau. C'est le cas lorsqu'il s'agit des horreurs de la guerre. Elle est donc dans ce passage nécessairement paradoxale (contraire à ce qu'on attend dans un tel contexte de mort).

16 a. Relevez d'une part le champ lexical des couleurs, de la lumière, d'autre part les verbes d'action et montrez comment ils sont mis en valeur par les adverbes et le rythme des phrases.
b. À quelle représentation artistique a-t-on l'impression d'assister ? Quel est le sentiment provoqué par cette vision ?
c. « au cours d'une fête » (l. 129) : à quelle partie d'une fête le narrateur fait-il allusion ?

17 Kat est-il dans la même illusion que le narrateur devant un tel spectacle ?

À l'Ouest rien de nouveau

Le macabre

> Dans la vie quotidienne, le monde des morts et le monde des vivants sont radicalement séparés. Cette séparation, qui est la cause de l'immense chagrin provoqué par un deuil, fait pourtant partie d'un ordre du monde rassurant. Lorsque ces deux mondes ne sont plus séparés, l'homme se retrouve dans une angoisse insupportable, qui peut le mener à la folie.

18 En quoi la scène qui se déroule dans le cimetière ajoute-t-elle à l'horreur de la guerre ? Citez quelques passages précis.

La solidarité entre soldats

19 a. Par qui le narrateur est-il prévenu de l'arrivée de gaz mortels ?
b. Après qu'il a été prévenu, quelle est sa première pensée ?
c. Quel est l'effet produit par l'emploi du style direct ligne 268 ?
d. Quelle action le narrateur accomplit-il ? De quelles qualités fait-il preuve ?

La visée

20 Quels sentiments le narrateur cherche-t-il à produire par son témoignage ?

21 Quelles sont, dans tout ce passage, les marques de la guerre comme désordre absolu ? Quelle est la visée de l'auteur ?

Se documenter

Les gaz pendant la guerre de 1914

L'ypérite est un gaz utilisé pour la première fois à Ypres, en Artois, le 22 avril 1915 par l'armée allemande contre les Français, les Belges et les Canadiens. C'est un gaz de combat suffocant et vésicant (qui crée des vésicules, ou poches, sur la peau).

Les Alliés virent une sorte de nuage vert-jaune s'étendre vers eux, emporté par le vent. En quelques minutes, les soldats eurent les yeux et les voies respiratoires brûlés par ces gaz. Les survivants s'enfuirent vers l'arrière et les Allemands purent facilement s'insérer entre les armées française et canadienne.

Contre ces gaz, les Alliés utiliseront d'abord des lunettes et des tampons devant la bouche puis ils se muniront de masques. Ils riposteront contre les Allemands en utilisant aussi des gaz par la suite. Le Canadien William Roberts, engagé dans l'armée canadienne pendant la guerre de 1914, a peint en 1918 un tableau représentant cette première attaque au gaz par les Allemands. On y voit les uniformes rouge et bleu des Français et les uniformes kaki des Canadiens, mêlés dans un chaos effrayant.

Lire

Guillaume Apollinaire (1880-1918)
• Le poète Guillaume Apollinaire s'est engagé dans l'artillerie dès le début de la guerre en 1914. Il a écrit beaucoup de poèmes sur la guerre. En voici quelques extraits.

Merveille de la guerre

« Que c'est beau ces fusées qui illuminent la nuit
Elles montent sur leur propre cime et se penchent
  pour regarder
Ce sont des dames qui dansent avec leurs regards pour
  yeux bras et cœurs

J'ai reconnu ton sourire et ta vivacité

C'est aussi l'apothéose quotidienne de toutes mes
  Bérénices dont les chevelures sont devenues des
  comètes
Ces danseuses surdorées appartiennent à tous les temps
  et à toutes les races
Elles accouchent brusquement d'enfants qui n'ont que
  le temps de mourir

Comme c'est beau toutes ces fusées
Mais ce serait bien plus beau s'il y en avait plus encore
S'il y en avait des millions qui auraient un sens complet
  et relatif comme les lettres d'un livre

Pourtant c'est aussi beau que si la vie même sortait des mourants

Mais ce serait plus beau encore s'il y en avait plus encore
Cependant je les regarde comme une beauté qui s'offre et s'évanouit aussitôt
Il me semble assister à un grand festin éclairé a giorno
C'est un banquet que s'offre la terre
Elle a faim et ouvre de longues bouches pâles
La terre a faim et voici son festin de Balthasar cannibale
Qui aurait dit qu'on pût être à ce point anthropophage
Et qu'il fallût tant de feu pour rôtir le corps humain
C'est pourquoi l'air a un petit goût empyreumatique qui n'est ma foi pas désagréable
Mais le festin serait plus beau encore si le ciel y mangeait avec la terre
Il n'avale que les âmes
Ce qui est une façon de ne pas se nourrir
Et se contente de jongler avec des feux versicolores
[...] »

Guillaume Apollinaire, extrait de « Merveille de la guerre »,
in *Calligrammes* © Éditions Gallimard, 1974.

• Il a aussi écrit depuis le front des poèmes à Lou, la femme qu'il aimait.

Poèmes à Lou

« Si je mourais là-bas sur le front de l'armée
Tu pleurerais un jour ô Lou ma bien-aimée
Et puis mon souvenir s'éteindrait comme meurt
Un obus éclatant sur le front de l'armée
Un bel obus semblable aux mimosas en fleur... »

Guillaume Apollinaire, extrait de « Si je mourais là-bas... »,
in *Poèmes à Lou* © Éditions Gallimard, 1969.

Extrait 4

« Le front est une cage »

Kat a repéré des oies dans une grange et Paul attend la nuit pour aller en voler une. Il abat un chien qui les gardait contre les voleurs et réussit à en capturer une qu'il apporte en triomphe à son ami.

Kat plume l'oie et l'apprête. Nous mettons soigneusement les plumes de côté. Nous avons l'intention d'en faire deux petits coussins avec cette inscription : « Repose en paix, au milieu du bombardement. »

Le feu de l'artillerie du front vient envelopper notre retraite de bourdonnements. La lueur de notre foyer danse sur notre visage ; des ombres dansent sur le mur. Parfois, on entend un craquement sourd, puis la bicoque se met à trembler. Ce sont des bombes d'avion. Une fois nous entendons des cris étouffés ; un baraquement a sans doute été touché.

Des avions ronronnent ; des mitrailleuses font tac tac. Mais aucune lumière qu'on puisse voir de l'extérieur ne sort de notre asile.

Ainsi, nous sommes assis l'un en face de l'autre, Kat et moi, soldats aux uniformes élimés, faisant cuire une oie au milieu de la nuit. Nous ne parlons pas beaucoup, mais nous sommes, l'un pour l'autre, plus remplis d'attentions délicates que ne peuvent l'être, à ce que je crois, des amoureux. Nous sommes deux êtres humains, deux chétives étincelles de vie et, au-dehors, c'est la nuit et le cercle de la mort. Nous nous tenons assis à leur bordure, à la fois menacés et abrités ; sur nos mains la graisse coule ; nos cœurs se touchent et l'heure que nous vivons est semblable à l'endroit où nous nous trouvons : le doux feu de nos âmes y fait danser les lumières et les ombres de nos impressions. Que sait-il de moi, et moi, que sais-je de lui ? Autrefois, aucune de nos pensées n'eût été semblable ; maintenant, nous sommes assis devant une oie, nous sentons notre existence et nous sommes si près l'un de l'autre que nous n'en parlons même pas.

Faire rôtir une oie, cela demande du temps, même quand elle est jeune et grasse ; c'est pourquoi nous nous relayons. L'un de nous l'arrose pendant que l'autre dort. Peu à peu un parfum délicieux se répand tout autour de nous.

Les bruits du dehors forment une sorte de chaîne, un rêve, mais dans lequel le souvenir ne s'efface pas complètement. Dans un demi-sommeil je vois Kat lever et abaisser la cuiller ; je l'aime, avec ses épaules, sa silhouette anguleuse et penchée, et en même temps je vois derrière lui des forêts et des arbres et une voix bonne dit des paroles qui m'apaisent, moi, tout petit soldat qui marche sous le grand ciel, avec ses grosses bottes, son ceinturon et sa musette, suivant le chemin qui est devant lui, prompt à oublier et qui n'est plus que rarement triste et avance toujours sous le vaste ciel nocturne.

Un petit soldat et une voix bonne ; et si on voulait le cajoler, peut-être qu'il ne serait plus capable de comprendre la chose, maintenant, ce soldat qui marche avec de grandes bottes et le cœur délabré, ce soldat qui marche parce qu'il a des bottes et qui a tout oublié, sauf l'obligation de marcher. À l'horizon n'y a-t-il pas des fleurs et un paysage si calme qu'il voudrait pleurer, le soldat ? N'y a-t-il pas là des images, qu'il n'a pas perdues parce qu'il ne les a jamais possédées, des images troublantes, mais qui, cependant, sont pour lui chose passée ? N'y a-t-il pas là ses vingt ans ?

J'ai la figure mouillée et je me demande où je suis. Kat est là devant moi, son ombre géante toute courbée s'incline, sur moi, comme une image du pays natal. Il parle bas, il sourit et il revient vers le feu.

Puis il dit :

« C'est fini.

– Oui, Kat. »

Je me secoue. Au milieu de l'espace brille le rôti doré. Nous prenons nos fourchettes pliantes et nos couteaux et nous nous coupons une cuisse pour chacun. Avec cela nous mangeons du pain de munition que nous plongeons dans la sauce. Nous mangeons lentement, avec une jouissance complète.

« Tu le trouves bon, Kat ?

– Oui, et toi ?

– Très bon, Kat. »

Nous sommes comme des frères et nous nous offrons mutuellement les meilleurs morceaux. Ensuite je fume une cigarette, Kat un cigare. Il y a encore beaucoup de restes.

« Qu'en penses-tu Kat, si nous allions en porter un morceau à Kropp et à Tjaden ?

– Entendu ! » fait-il.

Nous coupons une portion et l'enveloppons soigneusement dans du papier de journal.

Nous avions l'intention de réserver le restant pour notre baraquement, mais Kat rit, rien qu'en disant : « Tjaden. »

Je le vois bien, il faut que nous emportions tout. Aussi nous nous dirigeons vers le poulailler pour réveiller les deux copains. Auparavant, nous mettons les plumes dans un paquet, que nous jetons au loin.

Kropp et Tjaden nous regardent comme un mirage. Puis leurs mâchoires se mettent à travailler. Tjaden tient à deux mains une aile qu'il a mise dans sa bouche à la façon d'un harmonica et il mastique. Il avale la graisse du pot et il dit tout en mangeant bruyamment : « Je ne l'oublierai jamais. »

Nous reprenons le chemin de notre baraquement. Voici, de nouveau, le grand ciel avec les étoiles et l'aube qui point et je marche là-dessous, soldat portant de grandes bottes et ayant le ventre plein, petit soldat perdu dans le jour qui commence, mais à côté de moi, courbé et anguleux, chemine Kat, mon camarade.

95 Les contours du baraquement viennent à nous, dans la pénombre crépusculaire, comme un sommeil noir et profond.

[…]

*

La compagnie de Paul est envoyée en première ligne. Pour s'y rendre, les soldats passent devant une immense rangée de cercueils tout neufs. Il y en a au moins cent. Cette vision les rend moroses, d'autant plus que l'artillerie anglaise est renforcée et que les canons allemands, usés, éparpillent leurs obus sur leurs propres tranchées, blessant des soldats.

Soldats allemands prenant leur repas dans une tranchée, vers 1914-1915.

Le front est une cage dans laquelle il faut attendre nerveusement les événements. Nous sommes étendus sous la grille formée par la trajectoire des obus et nous vivons dans la tension de l'inconnu. Sur nous plane le hasard. Lorsqu'un projectile arrive, je puis me baisser, et c'est tout ; je ne puis ni savoir exactement où il va tomber, ni influencer son point de chute.

C'est ce hasard qui nous rend indifférents. Il y a quelques mois, j'étais assis dans un abri et je jouais aux cartes ; au bout d'un instant, je me lève et je vais voir des connaissances dans un autre abri. Lorsque je revins, il ne restait plus une miette du premier ; il avait été écrabouillé par une marmite. Je retournai vers le second abri et j'arrivai juste à temps pour aider à le dégager, car il venait d'être détruit à son tour.

C'est par hasard que je reste en vie, comme c'est par hasard que je puis être touché. Dans l'abri « à l'épreuve des bombes », je puis être mis en pièces, tandis que, à découvert, sous dix heures du bombardement le plus violent, je peux ne pas recevoir une blessure. Ce n'est que parmi les hasards que chaque soldat survit. Et chaque soldat a foi et confiance dans le hasard.

*

Il nous faut veiller à notre pain. Les rats se sont beaucoup multipliés ces derniers temps, depuis que les tranchées ne sont plus très bien entretenues. Detering prétend que c'est le signe le plus certain que ça va chauffer.

Les rats sont ici particulièrement répugnants, du fait de leur grosseur. C'est l'espèce qu'on appelle « rats de cadavre ». Ils ont des têtes abominables, méchantes et pelées et on peut se trouver mal rien qu'à voir leurs queues longues et nues.

Ils paraissent très affamés. Ils ont mordu au pain de presque tout le monde. Kropp tient le sien enveloppé dans sa toile de tente, sous sa tête, mais il ne peut pas dormir parce qu'ils lui courent sur le visage pour arriver au pain. Detering a voulu être malin ; il a fixé au plafond un mince fil de fer et il y a suspendu sa musette avec son pain. Lorsque, pendant la nuit, il presse le bouton électrique de sa lampe de poche, il aperçoit le fil en train d'osciller : un rat bien gras est à cheval sur son pain.

Finalement, nous prenons une décision. Nous coupons soigneusement les parties de notre pain qui ont été rongées par les bêtes ; nous ne pouvons, en aucun cas, jeter le tout, parce que autrement demain nous n'aurions rien à manger.

Nous plaçons par terre au milieu de notre abri les tranches de pain ainsi coupées, toutes ensemble. Chacun prend sa pelle et s'allonge, prêt à frapper. Detering, Kropp et Kat tiennent dans leurs mains leurs lampes électriques.

Au bout de quelques minutes, nous entendons les premiers frottements des rats qui viennent mordiller le pain. Le bruit augmente ; il y a là maintenant une multitude de petites pattes, alors les lampes électriques brillent brusquement et tout le monde tombe sur le tas noir, qui se disperse en poussant des cris aigus. Le résultat est bon. Nous jetons les corps des rats écrasés par-dessus le parapet de la tranchée et nous nous remettons aux aguets.

Le coup nous réussit encore quelques fois. Puis les bêtes ont remarqué quelque chose ou bien ont senti l'odeur du sang. Elles ne viennent plus. Cependant, le lendemain, le pain qui restait sur le sol a été emporté par elles.

Dans le secteur voisin, les rats ont assailli deux gros chats et un chien qu'ils ont tués et mangés.

Le lendemain, il y a du fromage de Hollande. Chacun en reçoit presque un quart de boule. D'un côté, c'est une bonne chose, car le fromage de Hollande est excellent et, d'un autre côté, c'est mauvais signe, car jusqu'à présent, ces grosses boules rouges ont toujours été l'annonce de durs combats. Notre pressentiment s'accentue encore lorsqu'on nous distribue du schnick. Pour l'instant, nous le buvons, mais ce n'est pas de gaieté de cœur.

Pendant la journée, nous tirons à l'envi sur les rats et nous flânons, çà et là. Les stocks de cartouches et de grenades deviennent plus abondants. Nous vérifions nous-mêmes les baïonnettes. En effet, il y en a dont le côté non coupant forme une scie. Lorsque les gens d'en face attrapent quelqu'un qui est armé d'une baïonnette de ce genre, il est massacré impitoyablement. Dans le secteur voisin on a retrouvé de nos camarades dont le nez avait été coupé et dont les yeux avaient été crevés avec ces baïonnettes à scie. Puis on leur avait rempli de sciure la bouche et le nez et on les avait ainsi étouffés.

Quelques recrues ont encore de ces baïonnettes ; nous les faisons disparaître et leur en procurons d'autres.

À vrai dire, la baïonnette a perdu de son importance. Il est maintenant de mode chez certains d'aller à l'assaut simplement avec des grenades et une pelle. La pelle bien aiguisée est une arme plus commode et beaucoup plus utile ; non seulement on peut la planter sous le menton de l'adversaire, mais, surtout, on peut assener avec elle des coups très violents ; spécialement si l'on frappe obliquement entre les épaules et le cou, on peut facilement trancher jusqu'à la poitrine. Souvent la baïonnette reste enfoncée dans la blessure ; il faut d'abord peser fortement contre le ventre de l'ennemi pour la dégager et pendant ce temps on peut facilement soi-même recevoir un mauvais coup. En outre, il n'est pas rare qu'elle se brise.

[...]

Plusieurs jours s'écoulent dans une attente de plus en plus pénible : des nappes de gaz se dirigent vers eux et ils entendent au loin un bombardement continu qui « leur ronge les nerfs ».

Le bombardement ne diminue pas. Il s'étend aussi derrière nous. Partout où la vue peut atteindre jaillissent des jets de boue et de fer. L'artillerie couvre ainsi une zone très vaste.

L'attaque ne se produit pas, mais le bombardement se maintient. Peu à peu nous devenons sourds. Personne ne parle plus ; d'ailleurs on ne pourrait pas se comprendre.

Notre tranchée est presque détruite. En beaucoup d'endroits, elle n'a plus cinquante centimètres de haut ; elle est criblée de trous, entonnoirs et montagnes de terre. Droit devant notre galerie éclate un obus. Aussitôt c'est l'obscurité complète. Nous sommes enfouis sous la terre et il faut que nous nous dégagions. Au bout d'une heure l'entrée est redevenue libre et nous sommes un peu plus calmes, parce que le travail a occupé notre esprit. Notre commandant de compagnie vient à nous en rampant et il annonce que deux des abris sont anéantis. Les recrues se tranquillisent en le voyant. Il dit que, ce soir, on tentera d'avoir à manger.

[...]

Il nous faut attendre, attendre. Vers midi se produit ce que je redoutais. L'un des bleus a une crise. Je l'observais depuis longtemps déjà, tandis qu'il grinçait continuellement des dents, en fermant et serrant les poings. Nous connaissons assez ces yeux exorbités et traqués. Ces dernières heures il n'était devenu plus calme qu'en apparence : il s'était alors affaissé sur lui-même comme un arbre pourri.

Maintenant il se lève ; sans se faire remarquer il rampe à travers l'abri, s'arrête un moment puis glisse vers la sortie. J'interviens, en disant : « Où veux-tu aller ?

Extrait 4

— Je reviens à l'instant, dit-il, en essayant de passer devant moi.

— Attends donc un peu, le bombardement va diminuer. »

Il dresse les oreilles et son œil devient un instant lucide. Puis il reprend cet éclat trouble qu'ont les chiens enragés ; il se tait et cherche à me repousser.

« Une minute, camarade ! » fais-je d'une voix forte.

Cela attire l'attention de Kat et, au moment où l'autre me donne une poussée, il le saisit et nous le tenons solidement.

Aussitôt le soldat entre en fureur :

« Lâchez-moi ! Laissez-moi sortir ! Je veux sortir ! »

Il n'écoute rien et donne des coups autour de lui : il bave et vocifère des paroles qui n'ont pas de sens et dont il mange la moitié. C'est une crise de cette angoisse qui naît dans les abris des tranchées ; il a l'impression d'étouffer où il est et une seule chose le préoccupe : parvenir à sortir. Si on le laissait faire, il se mettrait à courir n'importe où, sans s'abriter. Il n'est pas le premier à qui cela est arrivé.

Comme il est très violent et que déjà ses yeux chavirent, nous n'avons d'autre ressource que de l'assommer, afin qu'il devienne raisonnable. Nous le faisons vite et sans pitié et nous obtenons ainsi que, provisoirement, il se rassoie tranquille. Les autres sont devenus blêmes, pendant cette histoire ; il faut espérer qu'elle leur inspirera une crainte salutaire. Ce bombardement continu dépasse ce que peuvent supporter ces pauvres diables ; ils sont arrivés directement du dépôt des recrues pour tomber dans un enfer qui ferait grisonner même un ancien.

L'air irrespirable, après cela, éprouve encore davantage nos nerfs. Nous sommes assis comme dans notre tombe et nous n'attendons plus qu'une chose, qu'elle s'écroule sur nous.

Extraits des chapitres 5 et 6.

Questions

Repérer et analyser

Les motifs du roman de guerre

La nourriture (l. 1 à 88)

1 **a.** Qui sont les deux personnages en présence (l. 1 à 72) ? Où se trouvent-ils ?

b. Relevez les détails sur la préparation de l'oie, sa cuisson, sur le repas qui montrent le plaisir éprouvé par les deux personnages.

2 **a.** Montrez que le plaisir de la nourriture est lié au partage avec les autres camarades.

b. Relevez et expliquez les deux comparaisons lignes 84 à 87. En quoi traduisent-elles les sentiments et sensations ressentis par les personnages ?

L'espace protégé (l. 1 à 97)

3 Dans quel lieu Kat et le narrateur se trouvent-ils ? Montrez que les deux hommes ont recréé un espace d'intimité et ont reconstitué dans ce lieu la chaleur familiale. Pour répondre :
– relevez le pronom personnel (l. 14 à 31) et les termes qui soulignent les liens qu'ont tissés les deux hommes, précisez leur attitude l'un vis-à-vis de l'autre et dites comment le narrateur considère Kat (appuyez-vous sur les lignes 37 à 39 et sur la comparaison des lignes 55-56) ;
– relevez les éléments qui font de l'espace où ils se trouvent un lieu protégé, empreint de chaleur et de vie, précisez notamment le sens du mot « asile » (l. 13), dites quel double sens peut revêtir le mot « foyer » (l. 6) et expliquez la comparaison des lignes 95-96.

4 Montrez que cet espace n'est qu'illusoirement protégé. Appuyez-vous sur les expressions et champs lexicaux qui témoignent de l'omniprésence de la guerre. Lequel des cinq sens est-il le plus sollicité ?

La réflexion sur la condition de soldat

5 Quelle image répétée le narrateur donne-t-il de lui-même en tant que soldat (l. 40 à 97) ? À quelle personne parle-t-il de lui ? Quel est l'effet produit ?

Extrait 4 55

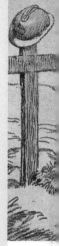

6 Le salut par la nature et l'anaphore

– Le salut par la nature est un thème récurrent (qui revient souvent dans le roman) : le narrateur est sensible à la beauté du monde même dans l'horreur de la guerre.
– L'anaphore est une figure de style qui consiste à répéter le même mot ou la même expression en début de vers ou de phrase.

Relevez l'anaphore des lignes 49 à 53 et identifiez le type de phrases. Pourquoi la nature émeut-elle tant le soldat ? Quel sentiment le narrateur exprime-t-il ?

Le hasard au front (l. 98 à 119)

7 La métaphore filée

La métaphore filée est une image qui se prolonge sur plusieurs lignes.

Relevez la métaphore filée qui évoque le front (l. 98 à 101). Quelle image le narrateur donne-t-il, dès lors, des soldats qui se trouvent au front ?

8 a. « Sur nous plane le hasard » (l. 101) : expliquez la métaphore et dites quel est l'effet produit par l'emploi du verbe « planer ». À quels oiseaux vous fait-il penser ?

b. Proposez une définition du mot « hasard ». Dans le texte, le mot est-il utilisé au singulier ou au pluriel ? Signifie-t-il alors la même chose ?

c. Quel est le rôle du hasard dans la vie du soldat ?

Les rats (l. 120 à 192)

9 a. Relevez les expressions qui font des rats des êtres répugnants. Quels dégâts causent-ils ? De quoi Detering dit-il qu'ils sont annonciateurs ?

b. Comment les soldats tentent-ils de se débarrasser des rats ? Relevez les expressions qui assimilent l'opération d'extermination des rats à une embuscade préparée contre des ennemis. Quel est l'effet produit ?

Les armes (l. 167 à 192)

10 a. Quelle sorte de baïonnette n'est plus utilisée ? Pour quelle raison ? Quelle est l'arme jugée « plus commode » ? En quoi ?

b. Relevez les détails crus et réalistes. Quel ton le narrateur adopte-t-il dans ce passage ? Quels sont donc les effets de la guerre sur la sensibilité des jeunes soldats ?

Les bombardements (l. 194 à 210)

11 a. Quels sont les effets des bombardements sur les hommes, sur l'état de la tranchée ?

b. « devant notre galerie éclate un obus » (l. 203) : dans quelle situation les hommes sont-ils ? Dans quel état physique et moral se trouvent-il ?

Les nouvelles recrues (l. 212 à 252)

12 a. Qu'est-ce qu'un bleu ?

b. Quelle est la nature de la crise qui atteint une des nouvelles recrues ? Ce genre de crise est-il fréquent ?

c. Quelles en sont les manifestations physiques ? Relevez les comparaisons qui permettent de traduire la violence de la crise.

13 Pourquoi, selon vous, dans ce passage, le narrateur a-t-il choisi d'introduire un dialogue ? Qui parle ?

14 Comment le narrateur explique-t-il ensuite la survenue de cette crise ? Quelle peinture fait-il de la situation dans le dernier paragraphe ? Quel est l'effet produit par les mots « enfer » et « tombe » ?

Les enjeux du passage

15 Le narrateur évoque dans ce passage deux facettes différentes de la guerre. Lesquelles ? Pour répondre, récapitulez les formes de luttes qui s'imposent aux soldats au quotidien. Dans cet enfer, quels sont les éléments qui leur apportent un peu de chaleur ?

Se documenter

Le lexique : « peur » et « angoisse »

– La peur (du latin *pavor, oris* : peur) est « un phénomène psychologique à caractère affectif marqué, qui accompagne la prise de conscience d'un danger réel ou imaginé, d'une menace ».

– L'angoisse (du latin *angustia, ae* : étroitesse, resserrement, lieu resserré) est « un malaise psychique et physique, né du sentiment de l'imminence d'un danger, caractérisé par une crainte diffuse pouvant aller de l'inquiétude à la panique ».

La différence entre ces deux termes est subtile : la peur connaît son objet, même en imagination (on sait, on peut dire de quoi l'on a peur) alors que l'angoisse est « diffuse » (elle ne trouve pas son objet, sa cause, elle est donc plus prenante, plus envahissante, et plus difficile à raisonner, à combattre).

Les Poilus

« Le poilu, c'est le fantassin, le fantassin qui va dans la tranchée. Combien sont-ils les Poilus sur le front ? Moins qu'on ne le croit. Que souffrent-ils ? Beaucoup plus qu'on ne le croit. Que fait-on pour eux ? Je sais, on en parle, on les vante, on les admire de loin. Les illustrés ou les clichés de leurs appareils tentent de les faire passer à la postérité par le crayon de leurs artistes...

Mais lorsqu'ils sont au repos, les laisse-t-on se reposer ? Ont-ils leurs journées pour les populariser ?... A-t-on vu expliquer dans la presse que le poilu, c'est encore le seul espoir de la France, le seul qui garde ou prend les tranchées, malgré l'artillerie, malgré la faim, malgré le souci, malgré l'asphyxie... »

Edmond Vittet, extrait d'une lettre dans *Paroles de Poilus (lettres et carnets du front, 1914-1918)* © Librio/Radio-France, 2004. Jean-Pierre Guéno et Yves Laplume.

Extrait 5
« Les souvenirs sont toujours pleins de silence »

Les bombardements incessants pendant trois jours laissent le narrateur et ses compagnons « vidés par la tension nerveuse ». Tout à coup, les Français attaquent. Les Allemands se défendent avec fureur. L'horreur et l'angoisse des combats leur fait perdre tout sentiment de solidarité et d'humanité : ils sont « devenus des animaux dangereux ».

Après l'attaque, les soldats sont ramenés à l'arrière où ils vivent quelque temps de répit en se gavant de la nourriture prise dans les réserves françaises : du pain, des boîtes de corned-beef et du cognac.

C'est la nuit : le narrateur est de faction, tout seul et sa solitude est propice au surgissement de souvenirs d'enfance.

Parmi les prairies qu'il y avait derrière notre ville s'élevait, le long d'un ruisseau, une rangée de vieux peupliers. Ils étaient visibles de très loin et, bien que ne formant qu'une seule file, on les appelait l'allée des peupliers. Déjà, étant
5 enfants, nous avions pour eux une prédilection ; inexplicablement, ils nous attiraient ; nous passions auprès d'eux des journées entières et nous écoutions leur léger murmure. Nous nous asseyions à leur ombre, sur le bord du ruisseau, et nous laissions pendre nos pieds dans le courant clair et
10 rapide. Les pures émanations de l'eau et la mélodie du vent dans les peupliers dominaient notre imagination. Nous les aimions tant ! Et l'image de ces jours-là, avant de disparaître, fait battre encore mon cœur.

Il est étrange que tous les souvenirs qui s'évoquent en
15 nous aient deux qualités. Ils sont toujours pleins de silence ;

c'est ce qu'il y a en eux de plus caractéristique, et même si dans la réalité il en fut autrement, ils n'en produisent pas moins cette impression-là. Et ce sont des apparitions muettes, qui me parlent avec des regards et des gestes, sans avoir recours à la parole, silencieusement ; et leur silence, si émouvant, m'oblige à étreindre ma manche et mon fusil, pour ne pas me laisser aller à ce relâchement et à cette liquéfaction auxquels mon corps voudrait doucement s'abandonner pour rejoindre les muettes puissances qu'il y a derrière les choses.

Elles sont silencieuses parce que le silence, justement, est pour nous un phénomène incompréhensible. Au front il n'y a pas de silence et l'emprise du front est si vaste que nous ne pouvons nulle part y échapper. Même dans les dépôts reculés et dans les endroits où nous allons au repos, le grondement et le vacarme assourdis du feu restent toujours présents à nos oreilles. Nous n'allons jamais assez loin pour ne plus l'entendre. Mais, tous ces jours-ci, ç'a été insupportable.

Ce silence est la raison pour laquelle les images du passé éveillent en nous moins des désirs que de la tristesse, une mélancolie immense et éperdue. Ces choses-là ont été, mais elles ne reviendront plus. Elles sont passées ; elles font partie d'un autre monde pour nous révolu. Dans les cours des casernes elles suscitaient un désir farouche et rebelle ; alors elles étaient encore liées à nous ; nous leur appartenions et elles nous appartenaient bien que nous fussions séparés. Elles surgissaient dans les chansons de soldat que nous chantions lorsque nous allions à l'exercice dans la lande, marchant entre l'aurore et de noires silhouettes de forêts ; elles constituaient un souvenir véhément qui était en nous et qui aussi émanait de nous.

Mais ici, dans les tranchées, ce souvenir est perdu. Il ne s'élève plus en nous-mêmes ; nous sommes morts et lui se tient au loin à l'horizon ; il est une sorte d'apparition, un reflet mystérieux qui nous visite, que nous craignons et que nous aimons sans espoir. Il est fort et notre désir est également fort ; mais il est inaccessible et nous le savons. Il est aussi vain que l'espoir de devenir général.

Et, même si on nous le rendait, ce paysage de notre jeunesse, nous ne saurions en faire grand-chose. Les forces délicates et secrètes qu'il suscitait en nous ne peuvent plus renaître. Nous aurions beau être et nous mouvoir en lui, nous aurions beau nous souvenir, l'aimer et être émus à son aspect, ce serait la même chose que quand la photographie d'un camarade mort occupe nos pensées ; ce sont ses traits, c'est son visage et les jours que nous avons passés avec lui qui prennent dans notre esprit une vie trompeuse, mais ce n'est pas lui.

Nous ne serions plus liés à ce paysage, comme nous l'étions. Ce n'est pas la connaissance de sa beauté et de son âme qui nous a attirés vers lui, mais la communauté, la conscience d'une fraternité avec les choses et les événements de notre être, fraternité qui nous limitait et nous rendait toujours quelque peu incompréhensible le monde de nos parents ; car nous étions toujours, pour ainsi dire, tendrement adonnés et abandonnés au nôtre et les plus petites choses aboutissaient toujours pour nous à la route de l'infini. Peut-être n'était-ce là que le privilège de notre jeunesse ; nous ne voyions encore aucune limite et nulle part nous n'admettions une fin ; nous avions en nous cette impulsion du sang qui nous unissait à la marche de nos jours.

Aujourd'hui, nous ne passerions dans le paysage de notre jeunesse que comme des voyageurs. Nous sommes consumés par les faits, nous savons distinguer les nuances, comme des marchands, et reconnaître les nécessités, comme des bouchers. Nous ne sommes plus insouciants, nous sommes d'une indifférence terrible. Nous serions là, mais vivrions-nous ?

Nous sommes délaissés comme des enfants et expérimentés comme de vieilles gens ; nous sommes grossiers, tristes et superficiels : je crois que nous sommes perdus.

Extraits du chapitre 6.

**Louis Raemaekers (1869-1956),
« Une lettre d'une tranchée allemande », lithographie, 1916.**

Questions

Repérer et analyser

Les souvenirs

Le paysage (l. 1 à 13)

1 À quelle période de sa vie remontent les souvenirs évoqués par le narrateur ?

2 a. À partir de quel élément précis les souvenirs s'organisent-ils ?
b. De quels autres éléments le paysage décrit se compose-t-il ? Quels sont les sentiments et les sensations évoqués ?

3 Quelle image biblique cette nature semble-t-elle rappeler et pourquoi ?

Le silence (l. 14 à 37)

4 a. Qui le pronom « nous » désigne-t-il dans l'ensemble du passage ? Pourquoi selon vous le choix de ce pronom ?
b. Relevez le champ lexical du silence. En quoi le silence est-il lié au souvenir ?
c. L'antithèse

> L'antithèse (du grec *anti* et *thesis*, action de poser) est une figure de style qui traduit une forte opposition entre deux réalités.

À quel autre champ lexical le silence s'oppose-t-il par antithèse ?
d. Quels différents sentiments ce silence provoque-t-il chez le narrateur (l. 20 à 23 et 34 à 37) ?

La mélancolie

> Le mot vient du grec, *melas*, noir, et *cholos*, bile. Les Anciens croyaient que certaines humeurs (ou sécrétions) corporelles avaient une influence négative sur le tempérament. Le mot « mélancolie » signifie aujourd'hui une immense tristesse, le plus souvent inexplicable, qui assombrit la vision du monde et de l'existence et freine considérablement le désir d'agir.

5 À quoi est due la mélancolie du narrateur ? Quels sont les adjectifs qui la caractérisent (l. 34 à 36) ?

6 Relevez des expressions qui soulignent la perte irrémédiable des choses du passé (l. 36 à 53). Que reste-t-il des souvenirs dans les tranchées (l. 47 à 53) ? Quel changement s'est effectué par

Extrait 5 63

rapport au moment où les soldats étaient dans « les cours des casernes » ?

7 Quelle hypothèse le narrateur imagine-t-il à partir de la ligne 54 ? Identifiez les modes des verbes. À quelle conclusion aboutit-il ?

Les effets de la guerre

8 a. Quel était le privilège de la jeunesse pour le narrateur ?
b. Précisez ce qu'ont perdu selon lui les jeunes de sa génération en allant à la guerre.

9 a. À quels personnages le narrateur se compare-t-il dans les deux derniers paragraphes ? Expliquez ces comparaisons. Expliquez plus particulièrement l'antithèse qui oppose les enfants et les vieilles gens.
b. « Je crois que nous sommes perdus » (l. 86) : trouvez dans le dictionnaire les différents sens du mot « perdu » et choisissez celui ou ceux qui vous semble(nt) le mieux convenir à l'intention du narrateur.

Écrire

Raconter un souvenir

10 Racontez un souvenir heureux de votre enfance et exprimez vos sentiments, maintenant que vous êtes devenus grands.

Donner son point de vue

11 « Nous ne voyions encore aucune limite et nulle part nous n'admettions une fin » (l. 74-75) : pensez-vous que l'adolescence soit le plus bel âge de la vie ? Donnez votre point de vue en une quinzaine de lignes.

Extrait 6

« Qu'est-ce qu'une permission ? »

Au front, les jours passent, alternant attaques et contre-attaques. Les pertes sont nombreuses et l'on entend gémir les blessés. Les jeunes recrues mal préparées au combat, meurent par dizaines. Les survivants sont exténués et vont à l'attaque comme des machines : « Pour chaque mètre, il y a un mort ». Sur cent cinquante hommes de la deuxième compagnie, à laquelle appartient le narrateur, trente-deux reviennent sains et saufs. Après la violence du front, les quelques survivants de leur compagnie sont ramenés à l'arrière où ils connaissent quelques jours de répit. Ils n'oublient jamais leurs camarades morts ou blessés mais « pour ne pas devenir fous », ils « font des plaisanteries ignobles et féroces ». Ils arrivent ainsi à prendre une distance avec ce qui les touche le plus.

Paul a obtenu dix-sept jours de permission. Il quitte ses camarades et rejoint sa ville natale en train. Il retrouve chez lui sa sœur et sa mère, malade.

Je m'étais imaginé la permission d'une manière différente. Il y a un an, effectivement, elle avait été tout autre. C'est sans doute moi qui ai changé depuis. Entre aujourd'hui et l'année dernière, il y a un abîme. Alors je ne connaissais pas
5 la guerre.

[...]

Dans ma chambre, derrière la table, il y a un sofa de cuir brun. Je m'y assieds. Aux murs sont fixées par des punaises de nombreuses images qu'autrefois j'ai découpées dans des
10 revues. Çà et là, des cartes postales et des dessins qui m'ont plu. Dans le coin, un petit poêle de fer. En face, contre le mur, l'étagère où sont mes livres.

C'est dans cette chambre que j'ai vécu avant de devenir soldat. Ces livres, je les ai achetés peu à peu avec l'argent que je gagnais en donnant des leçons. Beaucoup sont des livres d'occasion. Tous les classiques, par exemple : un volume coûtait un mark vingt pfennigs, relié en toile forte de couleur bleue. Je les ai achetés complets, car j'étais pointilleux ; je n'avais pas confiance dans les éditeurs de morceaux choisis et je doutais qu'ils eussent pris le meilleur. C'est pourquoi je ne faisais l'achat que des « œuvres complètes ». Je les ai lus avec un zèle loyal, mais la plupart ne m'enchantaient pas. Je m'attachais d'autant plus aux autres livres, les modernes, qui naturellement aussi étaient beaucoup plus chers. Quelques uns, d'entre eux, je ne les ai pas acquis très honnêtement ; je les ai empruntés et ne les ai pas rendus, parce que je ne voulais pas m'en séparer.

Un compartiment est rempli de livres de classe. Ils ont été peu ménagés et ils sont en très mauvais état. Des pages ont été déchirées, on comprend pourquoi. Et au-dessous sont des cahiers, du papier et des lettres empaquetés, des dessins et des essais.

Je tâche de me reporter à ce temps-là. Il est encore dans la chambre, je le sens tout de suite. Les murs l'ont conservé. Mes mains sont posées sur le dossier du sofa. Maintenant, je me mets à mon aise et je relève mes jambes ; ainsi je suis assis confortablement dans le coin, entre les bras du sofa. La petite fenêtre est ouverte ; elle montre l'image familière de la rue avec, à l'extrémité, l'élancement du clocher. Il y a sur la table quelques fleurs. Porte-plume, crayons, un coquillage servant de presse-papiers, l'encrier, ici rien n'est changé.

L'aspect sera le même, si j'ai de la chance, lorsque la guerre sera finie et que je reviendrai pour toujours. Je m'assoirai de la même façon, regardant ma chambre et attendant…

Je suis agité ; mais je ne voudrais pas l'être, car il ne le faut pas. Je voudrais comme autrefois, lorsque je me mettais devant mes livres, éprouver encore cette attraction silencieuse, ce sentiment d'attachement puissant et inexprimable. Je voudrais que le vent des désirs qui montait jadis des dos multicolores de ces livres m'enveloppât de nouveau, je voudrais qu'il fît fondre le pesant bloc de plomb inerte qu'il y a en moi quelque part pour réveiller en mon être cette impatience de l'avenir, cette joie ailée que me donnait le monde des pensées. Je voudrais qu'il me rapportât le zèle perdu de ma jeunesse.

Je suis là assis et j'attends. Je me rappelle que je dois aller voir la mère de Kemmerich ; je pourrais aussi rendre visite à Mittelstaedt. Il doit être à la caserne. Je regarde par la fenêtre. Derrière l'image de la rue ensoleillée surgit une colline aux tons légers et délavés et cela se transforme en une claire journée d'automne, où je suis assis devant un feu et où, avec Kat et Albert, je mange des pommes de terre cuites sous la cendre.

Mais je ne veux pas penser à cela ; j'écarte ce souvenir. Ce que je désire, c'est que la chambre me parle, m'enveloppe et me prenne. Je veux sentir mon intimité avec ce lieu, je veux écouter sa voix, afin que, quand je retournerai au font, je sache ceci : la guerre s'efface et disparaît lorsque arrive le moment du retour ; elle est finie, elle ne nous ronge plus, elle n'a sur nous d'autre puissance que celle du dehors.

Les dos des livres sont placés l'un à côté de l'autre, je les connais encore et je me rappelle la façon dont je les ai rangés. Je les implore de mes yeux : « Parlez-moi, accueillez-moi, reprends-moi, ô vie d'autrefois, toi insouciante et belle : reprends-moi... »

J'attends, j'attends.

Extrait 6

Des images passent devant moi ; elles n'ont pas de profondeur, ce ne sont que des ombres et des souvenirs.

Rien – rien.

Mon inquiétude augmente.

Soudain, un terrible sentiment d'être ici étranger surgit en moi. Je ne puis pas retrouver ici ma place familière. C'est comme si l'on me repoussait. J'ai beau prier et m'efforcer, rien ne vibre ; je suis assis là, indifférent et triste comme un condamné, et le passé se détourne de moi. En même temps, j'ai peur d'évoquer trop vivement ce passé, parce que je ne sais pas ce qui pourrait arriver. Je suis un soldat, il ne faut pas que je sorte de ce rôle.

Je me lève avec lassitude et je regarde par la fenêtre. Puis je prends un des livres et je le feuillette, pour tâcher d'y lire quelque chose ; mais je le laisse et j'en prends un autre. Il y a des passages soulignés ; je cherche, je feuillette, je prends de nouveaux livres. Il y en a déjà tout un tas à côté de moi. D'autres viennent s'y ajouter avec encore plus de hâte... et aussi des feuilles de papier, des cahiers, des lettres.

Je suis là muet devant tout cela, comme devant un tribunal.

Sans courage.

Des mots, des mots, des mots... ils ne m'atteignent pas.

Je remets lentement les livres à leur place.

C'est fini.

Je sors sans bruit de la chambre.

[...]

Paul rend visite à quelques personnes dont son ancien professeur, Kantorek. Le décalage entre le monde des soldats et le monde des civils est tel qu'il constate avec beaucoup d'amertume son impossibilité à communiquer avec d'autres personnes que ses camarades.

Qu'est-ce qu'une permission ? Un changement qui, ensuite, rend tout beaucoup plus pénible. Dès maintenant, il faut songer au départ. Ma mère me regarde en silence. Elle compte les jours, je le sais ; chaque matin, elle est triste : encore une journée de moins, pense-t-elle. Elle a mis mon sac de côté, car elle ne veut pas qu'il lui rappelle la fatale nécessité.

[...]

Les journées deviennent toujours plus pénibles et les yeux de ma mère toujours plus chagrins.

Quatre jours encore. Il faut que j'aille trouver la mère de Kemmerich.

*

On ne peut pas décrire ces choses-là : cette femme tremblante et sanglotante qui me secoue, en me criant : « Pourquoi vis-tu donc, puisqu'il est mort ? » – qui m'inonde de larmes, en disant : « Pourquoi êtes-vous donc là, des enfants comme vous ?... » – qui s'abat sur un siège et qui pleure : « L'as-tu vu, l'as-tu encore vu ? Comment est-il mort ? »

Je lui dis qu'il a reçu une balle dans le cœur et qu'il est mort aussitôt. Elle me regarde d'un air de doute :

« Tu mens, je sais que ce n'est pas vrai, j'ai senti dans ma chair la difficulté avec laquelle il est mort. J'ai entendu sa voix, j'ai, pendant la nuit, éprouvé son angoisse. Dis-moi la vérité, je veux savoir. Il faut que je sache.

– Non, dis-je, j'étais à côté de lui, il est mort immédiatement. »

Elle me supplie tout bas :

« Dis-le-moi ! il le faut. Je sais que tu veux me consoler, mais ne vois-tu pas que tu me tortures plus qu'en me disant la vérité ? Je ne puis pas supporter l'incertitude où je suis. Dis-moi comment cela s'est passé, si terrible que ça ait été. Cela vaudra encore mieux que ce que j'imagine autrement. »

Je ne lui dirai jamais ce qui s'est passé. Elle me hacherait plutôt en morceaux. J'ai pitié d'elle, mais je la trouve aussi un peu bête. Elle devrait pourtant se contenter de ce que je lui dis, puisque Kemmerich n'en sera pas moins mort, qu'elle sache ou non la vérité. Lorsqu'on a vu tant de morts, on ne peut plus très bien comprendre tant de douleur pour un seul. Aussi je lui dis, d'un ton un peu impatient :

« Il est mort immédiatement : il n'a rien senti. Sa figure était tout à fait paisible. »

Elle se tait. Puis elle me demande lentement : « Peux-tu le jurer ?

– Oui.

– Sur tout ce qui t'est sacré ? »

Ah ! mon Dieu, qu'est-ce qui maintenant est sacré pour moi ? Ces choses-là, ça change vite, chez nous.

« Oui, il est mort immédiatement.

– Acceptes-tu toi-même de ne pas revenir, si ce n'est pas vrai ?

– J'accepte de ne pas revenir s'il n'est pas mort sur le coup. »

J'accepterais encore je ne sais quoi ; mais elle a l'air de me croire.

Elle gémit et pleure longuement. Elle m'oblige à lui raconter ce qui s'est passé et j'invente une histoire, à laquelle maintenant moi-même je crois presque.

Lorsque je la quitte, elle m'embrasse et me fait cadeau d'un portrait de Kemmerich. Il est là dans son uniforme de recrue, appuyé contre une table ronde dont les pieds sont faits de branches de bouleau ; l'écorce y adhère encore.

Comme arrière-plan est peinte une forêt. Sur la table, il y a une chope de bière.

*

C'est le dernier soir que je passe à la maison. Tout le monde est taciturne. Je vais au lit de bonne heure. Je saisis les oreillers, je les serre contre moi et j'y enfonce ma tête. Qui sait si je coucherai encore dans un lit de plume ?

Il est déjà tard quand ma mère vient dans ma chambre ; elle croit que je dors et en effet je fais semblant. Parler et veiller avec elle m'est trop pénible.

Elle reste là assise presque jusqu'au matin, bien qu'elle souffre et que parfois son corps ploie. Enfin je ne peux plus y tenir. Je fais comme si je m'éveillais.

« Va dormir, mère, ici tu vas prendre froid.
– J'ai le temps de dormir plus tard. »
Je me redresse.

« Mais je ne vais pas tout de suite au front, mère, il faut d'abord que je reste quatre semaines au camp de baraquements. De là, peut-être, je reviendrai encore un dimanche.

Elle se tait et me demande tout bas :
« As-tu très peur ?
– Non, mère.
– Je voulais te dire une dernière chose : fais attention aux femmes, en France ; elles sont mauvaises dans ce pays-là. »

Ah ! mère, pour toi, je suis un enfant... Pourquoi ne puis-je pas poser ma tête sur tes genoux et pleurer ? Pourquoi faut-il que toujours je sois le plus calme et le plus énergique ? Je voudrais pourtant une fois moi aussi pleurer et être consolé. Je ne suis, en réalité, guère plus qu'un enfant ; dans l'armoire, pendent encore mes culottes courtes. Il y a si peu de temps, de cela. Pourquoi donc est-ce du passé ?

Je dis, aussi tranquillement que je peux :
« Là où nous sommes, mère, il n'y a pas de femmes.
– Et sois très prudent, là-bas, au front, Paul. »

Ah ! mère, mère ! Que ne pouvons-nous nous embrasser et mourir ! Quels pauvres chiens nous sommes !

« Oui, mère, je serai prudent.

– Je prierai pour toi, chaque jour, Paul. »

Ah! mère, mère! Que ne pouvons-nous nous lever et revenir aux années passées, jusqu'à ce que toute cette misère nous ait quittés, revenir au temps où nous étions seuls, tous les deux, mère!

« Peut-être, pourras-tu attraper un poste qui ne soit pas aussi dangereux?

– Oui, mère, peut-être que je serai occupé à la cuisine, c'est fort possible.

– Accepte, n'est-ce pas? quoi que les autres puissent dire.

– Ne t'inquiète pas de cela, mère... »

Elle soupire, son visage est une lueur blanche dans l'obscurité.

« Maintenant, il faut que tu ailles te coucher, mère. »

Elle ne répond pas. Je me lève et je mets ma couverture sur ses épaules; elle s'appuie sur mon bras, elle souffre. Je la transporte dans sa chambre. Je reste encore un instant auprès d'elle.

« Maintenant, il faut que tu guérisses, mère, d'ici mon retour.

– Oui, oui, mon enfant.

– Ne m'envoyez rien, mère, de ce que vous avez. Là-bas, nous avons assez à manger. Ici, vous pouvez mieux vous en servir. »

Quelle pauvre créature c'est là, étendue dans son lit, elle qui m'aime plus que tout au monde! Lorsque je veux m'en aller, elle me dit précipitamment:

« Je t'ai trouvé encore deux caleçons, c'est de bonne laine, ils te tiendront chaud; n'oublie pas de les mettre dans ton sac. »

Ah! mère, je sais tout ce que ces deux caleçons t'ont coûté de temps et de peine employés à chercher, à courir et à mendier. Ah ! mère, comment peut-on concevoir que je sois obligé de te quitter ? Qui donc a un droit sur moi en dehors de toi ? Je suis assis près de toi, qui es couchée là, nous avons tant de choses à nous dire, mais nous ne le pourrons jamais.

« Bonne nuit, mère.

– Bonne nuit, mon enfant. »

La chambre est obscure. La respiration de ma mère monte et descend. Entre-temps, la pendule fait tic-tac. Dehors, le vent souffle devant les fenêtres. Les marronniers bruissent. Dans le vestibule, je trébuche contre mon sac qui est là tout prêt parce que, le lendemain, il me faudra partir de très bonne heure.

Je mords mes oreillers, mes poings étreignent les baguettes de fer de mon lit. Jamais je n'aurais dû venir en permission. Au front, j'étais indifférent et souvent sans espoir : je ne pourrai jamais plus retrouver cela. J'étais un soldat et maintenant je ne suis plus que souffrance – souffrance à cause de moi, à cause de ma mère, à cause de tout ce qui est si décourageant et si interminable.

Je n'aurais jamais dû venir en permission.

Extraits du chapitre 7.

Questions

Extrait 6

Repérer et analyser

Le présent et le passé

La chambre

1 a. Par quelle tournure le narrateur met-il en valeur l'expression « dans cette chambre » (l. 13) ?
b. Que représente cette chambre pour lui ? Que cherche-t-il à y retrouver ?
c. Quels divers mouvements effectue-t-il ? Sur quels éléments successifs ses yeux se posent-ils ? En quoi ces éléments le relient-ils au passé ?

2 La personnification

Cette figure de style consiste à attribuer des sentiments ou des comportements humains à un être non animé ou à une chose.

a. Montrez en relevant des expressions précises (l. 65 et suivantes) que le narrateur personnifie la chambre.
b. Quelle volonté formule-t-il ? Combien de fois le verbe de volonté est-il répété ? Quel est l'effet produit ?

Le paysage extérieur

3 a. Que voit le narrateur de sa fenêtre ?
b. Quelle image le paysage extérieur fait-il surgir en lui (l. 59 à 64) ? Pourquoi rejette-t-il ce souvenir ? Montrez que le narrateur est écartelé entre son passé et son présent.

Les livres

4 Que représentent les livres pour le narrateur ? Appuyez-vous sur le texte.
5 a. Relisez les lignes 46 à 56. Relevez l'anaphore par laquelle le narrateur exprime, face aux livres, son souhait le plus profond. Quel est-il ?
b. Quels sont les modes verbaux utilisés pour exprimer ce souhait ?
c. Relevez les métaphores et les oppositions qui traduisent la force et la difficulté de la quête à laquelle il se livre. À quoi le pronom « il » renvoie-t-il dans ce passage ?

74 À l'Ouest rien de nouveau

6 Le registre lyrique

Le lyrisme signifie à l'origine chant que le poète accompagne avec sa lyre. On appelle aujourd'hui lyrisme, l'expression, voire l'exaltation des émotions et sentiments personnels.

À qui le narrateur s'adresse-t-il successivement (l. 74 à 76) ? Que ressent-il à ce moment ?

7 La mise en espace du texte

Tout dans un texte est important, y compris les « blancs », ces passages vides où la voix du lecteur s'arrête et laisse s'installer un silence.

a. Que suggère la répétition du verbe « j'attends » (l. 45, 57 et 77) ? Comment la phrase est-elle mise en valeur ?
b. Le narrateur trouve-t-il finalement un réconfort dans les livres ? Appuyez-vous sur les lignes 90 à 103. À quel moment les paragraphes sont-ils de plus en plus courts et les blancs de plus en plus fréquents ? Quels sentiments traduisent-ils ?

Les motifs du roman de guerre

La permission

8 a. Quelle est la durée de la permission ? Par quelle métaphore le narrateur exprime-t-il la différence entre cette permission et la précédente (l. 1 à 5) ? Quelle raison donne-t-il de cette différence ?
b. Quelle définition donne-t-il de la permission (l. 105 à 110) ?
c. Relevez dans les lignes 245 à 252 deux phrases qui témoignent de son regret d'être venu en permission. Comment l'explique-t-il ?

L'introspection et analyse de soi

– Le roman de guerre propose en alternance des passages d'action pure, mais aussi des passages de réflexion et d'analyse correspondant au moment où le soldat s'arrête et s'interroge.
– L'introspection (du latin *specto*, regarder, et *intro*, à l'intérieur de soi) consiste à analyser ce qui se passe à l'intérieur de sa propre conscience (sentiments, mobiles plus ou moins apparents, humeurs...).

9 Quel pronom le narrateur utilise-t-il pour parler de lui-même dans ce passage ? Utilise-t-il le pronom « nous » comme il l'a fait précédemment ? Pour quelle raison ?

Extrait 6 75

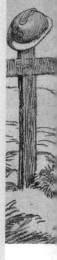

10 a. Que découvre le narrateur sur lui-même (l. 82 à 86) ? Appuyez-vous sur les champs lexicaux. Montrez qu'il est écartelé entre le passé, le présent et la peur de l'avenir.
b. Relevez le mot qui annonce le mot « tribunal » (l. 82 à 89). Quel sentiment éprouve-t-il ?

Le chagrin des mères

11 Quelles sont les différentes causes du chagrin des deux mères ?

12 a. Par quels gestes et quels propos la mère de Kemmerich manifeste-t-elle son chagrin ? Quels sont les types de phrases qu'elle emploie ? Que veut-elle savoir ?
b. Qu'est-il arrivé à son fils (voir l'extrait 2, p. 16) ? Pourquoi Paul ment-il ? Que pensez-vous de ses raisons ?
c. Comment évolue la mère de Kemmerich au fur et à mesure de sa conversation avec Paul ? Quelle est sa dernière attitude ?

13 Quels sont les différents sujets d'inquiétude de la mère du narrateur ? Comment exprime-t-elle son amour, sa souffrance ? Comment son fils la rassure-t-il ?

Le mode de narration : les scènes

14 Délimitez les deux scènes entre les deux mères.
a. Quel est le mode de narration dominant (narration, dialogue) ?
b. Pour quelle raison selon vous le narrateur a-t-il choisi ce mode d'écriture ?

15 Relisez la scène entre le narrateur et sa mère.
a. Cherchez ce qu'est un aparté au théâtre.
b. En quoi la scène entre le narrateur et sa mère est-elle théâtralisée (paroles, attitudes) ?
c. À quoi voit-on que la plus grande partie des paroles de Paul fonctionne comme des apartés ?
d. Quel est l'intérêt pour le lecteur de disposer des réflexions du narrateur ?

16 Le pathétique

> Le pathétique, du grec *pathos*, souffrance, met en scène une douleur profonde.

En quoi ces deux scènes sont-elles pathétiques ?

À l'Ouest rien de nouveau

Le narrateur : un personnage romanesque complexe

Le personnage de Paul n'est pas seulement vu à la guerre. Le romancier lui donne une nouvelle épaisseur romanesque en le plaçant dans son contexte familial. Il accentue ainsi la réalité du personnage, son authenticité, et le rend plus proche du lecteur.

17 Montrez que le narrateur a été marqué par la guerre.
a. Pour quelle raison le narrateur ne comprend-il pas la mère de Kemmerich ?
b. Le fait de jurer a-t-il de la valeur pour lui (l. 145 à 151) ? Pourquoi ? Pensez-vous qu'il a toujours été ainsi ?

18 a. Quelles différences d'attitudes relevez-vous entre le comportement du narrateur avec la mère de Kemmerich et avec la sienne ?
b. Qu'aimerait-il redevenir auprès de sa mère ? Qu'est-ce qui l'en empêche ?
c. Quels sont les gestes, expressions, figure de style qui montrent qu'il lui est profondément attaché ?

Écrire

Imaginer une scène

19 Imaginez qu'un jour vous retourniez dans un lieu où vous avez passé une partie de votre enfance. Décrivez ce que vous ressentez une fois sur les lieux. Proposez une conclusion qui sera une réflexion sur l'enfance retrouvée ou perdue.

20 Proposez un récit en commençant par « Je l'ai vu partir... ». Une mère, une sœur, une fiancée raconte le départ, l'absence, l'attente.

Lire

Le thème du retour

– Sur ce thème, une autre œuvre de E.-M. Remarque : *Après*.
C'est un roman sur l'après-guerre, publié en 1931, qui évoque le retour des soldats et leurs difficultés à vivre avec les autres, après les horreurs qu'ils ont vécues et les souffrances qu'ils ont endurées.
– Autre lecture conseillée : *Le Journal d'Adèle*, d'Adèle du Bouchet.

Extrait 7
« Gérard Duval, typographe »

Au retour de sa permission, Paul se retrouve dans les baraquements de leur camp d'entraînement. Mais il n'y connaît personne. Près de leurs baraquements, se trouve un grand camp de prisonniers russes qu'il observe d'abord avec méfiance puis avec compassion. Ceux-ci chantent des chants populaires russes, accompagnés d'un violon. Cette musique nostalgique émeut le narrateur.

À l'arrière du front, les régiments doivent se préparer fébrilement à la prochaine visite du Kaiser. Le fait d'avoir vu de près le responsable de la guerre provoque une discussion entre les camarades sur les raisons profondes d'un conflit. Qui veut la guerre et pourquoi ? Ce n'est pas le peuple allemand ni le peuple français qui l'ont voulue mais bien les gouvernements, dans un but que chaque peuple ignore. En retournant vers le front, ils aperçoivent des morts défigurés ou démembrés, dont le sang est encore frais…

Paul fait partie d'une patrouille volontaire, très près de la position ennemie. Il se perd dans l'obscurité et il est pris tout à coup d'une anxiété telle qu'il ne peut plus faire un mouvement. Il se colle à terre et se laisse envahir par la terreur jusqu'à ce qu'il entende les voix rassurantes de ses camarades, qui le délivrent de son angoisse.

Quelques jours après, la bataille fait rage au-dessus de Paul et il se réfugie dans un trou d'obus en attendant la fin des bombardements. Tout à coup, un Français roule lourdement dans son refuge et Paul se met à le frapper avec son poignard, à plusieurs reprises, jusqu'à ce que le corps s'affaisse.

La main en sang, Paul cesse de frapper et reprend ses esprits lorsqu'il entend l'homme se plaindre. Les projectiles sifflent sans interruption au-dessus de leurs têtes, empêchant Paul de sortir de son trou.

L'aube finit par poindre et Paul est toujours dans le trou d'obus, le Français agonisant près de lui.

Il fait clair, une clarté grise, celle du jour qui naît. Les râles continuent. Je me bouche les oreilles, mais bientôt je retire mes doigts, parce que autrement je ne pourrais pas entendre ce qui se passe.

⁵ La forme qui est en face de moi se remue. Je tressaille d'effroi et, malgré moi, je la regarde. Maintenant mes yeux sont comme collés fixement à elle. Un homme avec une petite moustache est là étendu ; sa tête est inclinée sur le côté ; il a un bras à demi ployé, sur lequel la tête repose inerte. L'autre
¹⁰ main est posée sur la poitrine, elle est ensanglantée.

Il est mort, me dis-je ; il doit être mort ; il ne sent plus rien ; ce qui râle là n'est que le corps ; mais cette tête essaie de se relever ; les gémissements deviennent, un moment, plus forts, puis le front retombe sur le bras. L'homme se meurt, mais il
¹⁵ n'est pas mort. Je me porte vers lui en rampant ; je m'arrête, je m'appuie sur les mains, je me traîne un peu plus en avant, j'attends ; puis je m'avance encore ; c'est là un atroce parcours de trois mètres, un long et terrible parcours. Enfin, je suis à côté de lui.

²⁰ Alors il ouvre les yeux. Il m'a sans doute entendu et il me regarde avec une expression de terreur épouvantable. Le corps est immobile, mais dans les yeux se lit un désir de fuite si intense que je crois un instant qu'ils auront la force d'entraîner le corps avec eux, de faire des centaines de kilo-
²⁵ mètres rien que d'une seule secousse. Le corps est immobile, tout à fait calme et, à présent, silencieux ; le râle s'est tu,

Extrait 7 — 79

Photographie extraite de *All Quiet on the Western front*,
film réalisé par Lewis Milestone, d'après le roman de E.-M. Remarque, en 1930.

mais les yeux crient et hurlent; en eux toute la vie s'est concentrée en un effort extraordinaire pour s'enfuir, en une horreur atroce devant la mort, devant moi.

Je sens que mes articulations se rompent et je tombe sur les coudes. « Non », fais-je en murmurant.

Les yeux me suivent. Je suis incapable de faire un mouvement tant qu'ils sont là. Alors sa main s'écarte lentement et légèrement de la poitrine; elle se déplace de quelques centimètres, mais ce mouvement suffit à relâcher la violence des yeux. Je me penche en avant, je secoue la tête et je murmure: « Non, non, non », je lève une main en l'air, pour lui montrer que je veux le secourir et je la passe sur son front.

Les yeux ont battu devant l'approche de cette main; maintenant, ils deviennent moins fixes, les paupières s'abaissent, la tension diminue. J'ouvre son col et je lui mets la tête plus à l'aise.

Il a la bouche à demi ouverte; il s'efforce de prononcer des paroles. Ses lèvres sont sèches. Mon bidon n'est pas là, je ne l'ai pas pris avec moi. Mais, au fond du trou, il y a de l'eau dans la vase. Je descends, je prends mon mouchoir, je l'étale à la surface et j'appuie; ensuite, avec le creux de ma main, je puise l'eau jaunâtre qui filtre à travers.

Il l'avale. Je vais en chercher d'autre. Puis je déboutonne sa veste pour le panser, si c'est possible. De toute façon, il faut que je le fasse, afin que, si je venais à être fait prisonnier, ceux d'en face voient bien que j'ai voulu le secourir et ne me massacrent pas. Il essaie de se défendre, mais sa main est trop faible pour cela. Sa chemise est collée et il n'y a pas moyen de l'écarter; elle est boutonnée par-derrière. Il ne reste que la ressource de la couper.

Je cherche mon couteau et je le retrouve. Mais, au moment où je me mets à taillader la chemise, ses yeux s'ouvrent encore une fois et de nouveau il y a en eux une expression de terreur insensée et comme des cris, de sorte que je suis obligé de les refermer et de murmurer : « Mais je veux te secourir, camarade. » Et j'ajoute, maintenant, en français : « *Camarade... Camarade... Camarade...* » En insistant sur ce mot-là, pour qu'il comprenne.

Il a reçu trois coups de poignard. Mes paquets de pansement recouvrent les plaies, le sang coule au-dessous ; je les serre plus fortement ; alors il gémit.

C'est tout ce que je puis faire. Nous n'avons plus qu'à attendre, attendre.

*

Ah ! ces heures, ces heures-là ! Le râle reprend : avec quelle lenteur meurt un être humain ! Car, je le sais, il n'y a pas moyen de le sauver. J'ai, il est vrai, essayé de me figurer le contraire, mais, vers midi, ses gémissements ont détruit ce faux espoir. Si encore, en rampant, je n'avais pas perdu mon revolver, je l'achèverais d'un coup de feu. Je n'ai pas la force de le poignarder.

Cet après-midi, j'atteins les limites crépusculaires de la pensée. La faim me dévore ; je pleurerais presque de cette envie que j'ai de manger, mais je ne puis rien faire contre cela. À plusieurs reprises je vais chercher de l'eau pour le mourant et j'en bois moi-même.

C'est le premier homme que j'aie tué de mes mains et dont, je peux m'en rendre compte exactement, la mort soit mon ouvrage. Kat, Kropp et Müller ont déjà vu, eux aussi, des hommes qu'ils avaient tués ; c'est le cas de beaucoup d'autres, et même souvent dans un corps à corps...

Mais chaque souffle met mon cœur à nu. Ce mourant a les heures pour lui, il dispose d'un couteau invisible, avec lequel il me transperce : le temps et mes pensées.

Je donnerais beaucoup pour qu'il restât vivant. Il est dur d'être couché là, tout en étant obligé de le voir et de l'entendre.

À trois heures de l'après-midi, il est mort.

Je respire, mais seulement pour peu de temps. Le silence me paraît bientôt plus pénible à supporter que les gémissements. Je voudrais encore entendre son râle saccadé, rauque, parfois sifflant doucement et puis de nouveau rauque et bruyant.

Ce que je fais n'a pas de sens. Mais il faut que j'aie une occupation. Ainsi, je déplace encore une fois le mort, afin qu'il soit étendu commodément. Je lui ferme les yeux. Ils sont bruns ; ses cheveux sont noirs, un peu bouclés sur les côtés.

La bouche est pleine et tendre sous la moustache. Le nez est un peu courbé, la peau basanée ; elle n'a pas à présent l'air aussi terne que lorsqu'il était encore en vie. Pendant une seconde, le visage semble même celui d'un homme bien portant ; puis il se transforme rapidement en une de ces étranges figures de mort, que j'ai souvent vues et qui se ressemblent toutes.

Maintenant sa femme pense à lui ; elle ignore ce qui s'est passé. On dirait, à le voir, qu'il lui a souvent écrit ; elle recevra encore d'autres lettres de lui, — demain, dans une semaine, peut-être encore dans un mois, une lettre égarée. Elle la lira et ce sera comme s'il lui parlait.

Mon état empire toujours ; je ne puis plus contenir mes pensées. Comment peut être cette femme ? Est-elle comme la brune élancée de l'autre côté du canal ? Est-ce qu'elle ne m'appartient pas ? Peut-être que, à présent, elle m'appartient à cause de cela. Ah ! si Kantorek était ici à côté de moi ! Si ma mère me voyait ainsi !... Certainement, le mort aurait pu vivre encore trente ans, si j'avais mieux retenu mon chemin.

S'il était passé deux mètres plus à gauche, maintenant il serait là-bas dans la tranchée et il écrirait une nouvelle lettre à sa femme.

Mais cela ne m'avance à rien, car c'est là le sort de nous tous; si Kemmerich avait tenu sa jambe dix centimètres plus à droite, si Haie s'était penché de cinq centimètres de plus...

*

Le silence se prolonge. Je parle, il faut que je parle. C'est pourquoi je m'adresse à lui, en lui disant : « Camarade, je ne voulais pas te tuer. Si, encore une fois, tu sautais dans ce trou, je ne le ferais plus, à condition que toi aussi tu sois raisonnable. Mais d'abord tu n'as été pour moi qu'une idée, une combinaison née dans mon cerveau et qui a suscité une résolution; c'est cette combinaison que j'ai poignardée. À présent je m'aperçois pour la première fois que tu es un homme comme moi. J'ai pensé à tes grenades, à ta baïonnette et à tes armes; maintenant c'est ta femme que je vois, ainsi que ton visage et ce qu'il y a en nous de commun. Pardonne-moi, camarade. Nous voyons les choses toujours trop tard. Pourquoi ne nous dit-on pas sans cesse que vous êtes, vous aussi, de pauvres chiens comme nous, que vos mères se tourmentent comme les nôtres et que nous avons tous la même peur de la mort, la même façon de mourir et les mêmes souffrances ? Pardonne-moi, camarade; comment as-tu pu être mon ennemi ? Si nous jetions ces armes et cet uniforme tu pourrais être mon frère, tout comme Kat et Albert. Prends vingt ans de ma vie, camarade, et lève-toi... Prends-en davantage, car je ne sais pas ce que, désormais, j'en ferai encore. »

Tout est calme. Le front est tranquille, à l'exception du crépitement des fusils. Les balles se suivent de près; on ne tire pas n'importe comment; au contraire, on vise soigneusement de tous les côtés. Je ne puis pas quitter mon abri.

« J'écrirai à ta femme, dis-je hâtivement au mort. Je veux lui écrire; c'est moi qui lui apprendrai la nouvelle; je veux tout lui dire, de ce que je te dis; il ne faut pas qu'elle souffre; je l'aiderai, et tes parents aussi, ainsi que ton enfant… »

Son uniforme est encore entrouvert. Il est facile de trouver le portefeuille. Mais j'hésite à l'ouvrir. Il y a là son livret militaire avec son nom. Tant que j'ignore son nom, je pourrai peut-être encore l'oublier; le temps effacera cette image. Mais son nom est un clou qui s'enfoncera en moi et que je ne pourrai plus arracher. Il a cette force de tout rappeler, en tout temps; cette scène pourra toujours se reproduire et se présenter devant moi.

Sans savoir que faire, je tiens dans ma main le portefeuille. Il m'échappe et s'ouvre. Il en tombe des portraits et des lettres. Je les ramasse pour les remettre en place; mais la dépression que je subis, toute cette situation incertaine, la faim, le danger, ces heures passées avec le mort ont fait de moi un désespéré; je veux hâter le dénouement, accroître la torture, pour y mettre fin, de même que l'on fracasse contre un arbre une main dont la douleur est insupportable, sans se soucier de ce qui arrivera ensuite.

Ce sont les portraits d'une femme et d'une petite fille, de menues photographies d'amateur prises devant un mur de lierre. À côté d'elles il y a des lettres. Je les sors et j'essaie de les lire. Je ne comprends pas la plupart des choses; c'est difficile à déchiffrer et je ne connais qu'un peu de français. Mais chaque mot que je traduis me pénètre, comme un coup de feu dans la poitrine, comme un coup de poignard au cœur…

Ma tête est en proie à une violente surexcitation. Mais j'ai encore assez de clarté d'esprit pour comprendre qu'il ne me sera jamais permis d'écrire à ces gens-là, comme je le pensais précédemment. C'est impossible. Je regarde encore une fois les portraits ; ce ne sont pas des gens riches. Je pourrai leur envoyer de l'argent anonymement, si plus tard j'en gagne un peu. Je m'accroche à cette idée ; c'est là du moins pour moi un petit point d'appui. Ce mort est lié à ma vie ; c'est pourquoi je dois tout faire et tout promettre, pour me sauver ; je jure aveuglément que je ne veux exister que pour lui et pour sa famille. Les lèvres humides, c'est à lui que je m'adresse et, ce faisant, au plus profond de moi-même réside l'espoir de me racheter par là et peut-être ici encore d'en réchapper, avec aussi cette petite ruse qu'il sera toujours temps de revenir sur ces serments. J'ouvre le livret et je lis lentement : « Gérard Duval, typographe. »

J'inscris avec le crayon du mort l'adresse sur une enveloppe et puis, soudain, je m'empresse de remettre le tout dans sa veste.

J'ai tué le typographe Gérard Duval. Il faut que je devienne typographe, pensé-je tout bouleversé, que je devienne typographe, typographe…

Extraits du chapitre 9.

Questions

Repérer et analyser

Les motifs du récit de guerre

L'ennemi : de l'anonymat au nom

1 Où le narrateur se trouve-t-il ?

2 a. Relevez lignes 5 à 19 les différents termes par lesquels le narrateur désigne le soldat qu'il a frappé. Montrez qu'il distingue peu à peu ses traits. À quel moment les découvre-t-il complètement ?
b. Que lit-il dans ses yeux ? Appuyez-vous sur un champ lexical.

3 a. Pourquoi, dans un premier temps, le narrateur ne veut-il pas savoir son nom ? Appuyez-vous sur la métaphore lignes 163-164 que vous expliquerez : « Son nom est un clou qui s'enfoncera en moi ».
b. Pourquoi regarde-t-il dans son portefeuille (l. 166-167) ? Qu'y découvre-t-il ? Quelle attitude a-t-il face à ces découvertes ?
c. Que veut dire le narrateur lorsqu'il écrit « ce mort est lié à ma vie » (l. 191) ? Expliquez pourquoi la découverte progressive de l'identité puis de la vie passée du mort, lui rendra son souvenir inoubliable.

L'agonie et la mort de l'ennemi

4 Relevez les passages qui montrent la faiblesse extrême du mourant. Quels actes et gestes le narrateur accomplit-il envers lui ? À quelles difficultés se heurte-t-il ?

5 Cherchez ce qu'est un râle. À quels moments le mourant gémit-il et râle-t-il ? Relevez les adjectifs qui caractérisent ce râle (l. 94 à 98). Quelles sont les réactions du narrateur quand il l'entend ?

6 a. Quel est l'effet produit par le choix du pronom personnel « nous » (l. 68-69) : « nous n'avons plus qu'à attendre, attendre ».
b. Combien de temps l'agonie dure-t-elle ? Comment le narrateur traduit-il la lenteur du temps qui passe ? En quoi ce passage est-il particulièrement pathétique ?
c. Relevez la phrase qui annonce la mort du soldat. De quelle façon est-elle mise en valeur ?

7 a. Qu'imagine le narrateur concernant la femme du soldat ?
b. Pour quelle raison se met-il à parler au soldat une fois qu'il est mort ?

Extrait 7

La souffrance morale, le remords

8 a. Le narrateur a donné trois coups de poignard au Français : relevez les passages où il dit qu'il est lui-même transpercé (l. 87 à 89 et 163 à 166).
b. Dans les lignes 121 à 128, Paul est tourmenté par la pensée qu'il aurait pu éviter de le tuer. Pourquoi rejette-t-il cette pensée ?

9 a. À quel moment demande-t-il au mort pardon ? Que lui promet-il ? Qu'est-il prêt à faire pour se racheter ?
b. Comment comprenez-vous la dernière phrase : « Il faut que je devienne typographe » ?

La réflexion sur le droit de tuer

10 a. Quelles réflexions le narrateur fait-il quant au regard qu'il portait sur l'ennemi ? Quelle prise de conscience s'impose à lui (l. 129 à 150) ?
b. Que signifie l'expression « pauvres chiens » à la ligne 142 ? À qui s'applique-t-elle ?
c. Relevez les répétitions qui mettent en valeur l'idée d'une communauté de souffrances entre les soldats ennemis (l. 140 à 150).

L'enjeu du passage

11 En quoi la situation évoquée est-elle pathétique ?
12 a. Quel aspect essentiel de la guerre l'auteur veut-il rappeler ?
b. « Comment as-tu pu être mon ennemi ? » (l. 146) ; « Tu pourrais être mon frère » (l. 147) : quel idéal propose-t-il ?

Écrire

Regret et remords

> Il existe une différence entre « regret » et « remords ». Le regret, c'est le chagrin causé par la perte, l'absence de quelque chose, ou par la mort de quelqu'un, la contrariété causée par la non réalisation d'un désir. Le remords, c'est la douleur morale causée par la conscience d'avoir mal agi.

13 Imaginez un récit dans lequel un personnage a laissé passer une occasion de faire le bien (rendre un service, défendre quelqu'un…).

Racontez dans quelles circonstances et dites quels regrets ou remords l'ont assailli. Votre récit sera à la première personne.

Enquêter

Les mutineries de 1917

14 Faites des recherches sur les mutineries de 1917 du côté français et du côté allemand.

Lire

Le Silence de la mer de Vercors (1942)
Le Silence de la mer de Vercors est une nouvelle publiée en 1942. L'auteur raconte l'installation d'un officier allemand dans une maison française, habitée par un oncle et sa nièce. Tous les soirs, cet officier s'invite au salon et leur parle très courtoisement. Les deux Français ne lui répondent jamais, ayant décidé, par patriotisme, de ne pas entrer en communication avec l'ennemi.

Un soir, il leur dit :
« Où est la différence entre un feu de chez moi et celui-ci ? Bien sûr le bois, la flamme, la cheminée se ressemblent. Mais non la lumière. Celle-ci dépend des objets qu'elle éclaire – des habitants de ce fumoir, des meubles, des murs, des livres sur les rayons... »
« Pourquoi aimé-je tant cette pièce ? dit-il pensivement. Elle n'est pas si belle, – pardonnez-moi !... » Il rit : « Je veux dire : ce n'est pas une pièce de musée... vos meubles, on ne dit pas : voilà des merveilles... Non... Mais cette pièce a une âme. Toute cette maison a une âme »
Il était devant les rayons de la bibliothèque. Ses doigts suivaient les reliures d'une caresse légère.
– « Balzac, Barrès, Baudelaire, Beaumarchais, Boileau, Buffon... Chateaubriand, Corneille, Descartes, Fénelon, Flaubert... La Fontaine, France, Gautier, Hugo... Quel appel ! » dit-il avec un rire léger et hochant la tête. « Et je n'en suis qu'à la lettre H !...

Ni Molière, ni Rabelais, ni Racine, ni Pascal, ni Stendhal, ni Voltaire, ni Montaigne, ni tous les autres!... » Il continuait de glisser lentement le long des livres et de temps en temps, il laissait échapper un imperceptible « Ha! », quand, je suppose, il lisait un nom auquel il ne songeait pas. « Les Anglais, reprit-il, on pense aussitôt: Shakespeare. Les Italiens: Dante. L'Espagne: Cervantès. Et nous, tout de suite: Goethe. Après, il faut chercher. Mais si on dit: et la France? Alors qui surgit à l'instant? Molière? Racine? Hugo? Voltaire? Rabelais? ou quel autre? Ils se pressent comme une foule à l'entrée du théâtre, on ne sait pas qui faire rentrer d'abord. »

Il se retourna et dit gravement:

– Mais pour la musique, alors c'est chez nous: Bach, Haendel, Beethoven, Wagner, Mozart... quel nom vient le premier?

Et nous nous sommes fait la guerre! dit-il lentement en remuant la tête. Il revint à la cheminée et ses yeux souriants se posèrent sur le profil de ma nièce. « Mais c'est la dernière! Nous ne nous battrons plus: nous nous marierons! » Ses paupières se plissèrent, les dépressions sous les pommettes se marquèrent de deux longues fossettes, les dents blanches apparurent. Il dit gaiement: « Oui, oui! ». Un petit hochement de tête répéta l'affirmation. « Quand nous sommes entrés à Saintes, poursuivit-il après un silence, j'étais heureux que la population nous recevait bien. J'étais très heureux. Je pensais: ce sera facile. Et puis, j'ai vu que ce n'était pas cela du tout, que c'était de la lâcheté ». Il était devenu grave. « J'ai méprisé ces gens. Et j'ai craint pour la France. Je pensais: Est-elle vraiment devenue ainsi? » Il secoua la tête: « Non! Non. Je l'ai vu ensuite; et maintenant, je suis heureux de son visage sévère. »

Son regard se porta sur le mien – que je détournai, – il s'attarda un peu en divers points de la pièce, puis retourna sur le visage, impitoyablement insensible, qu'il avait quitté.

« Je suis heureux d'avoir trouvé ici un vieil homme digne. Et une demoiselle silencieuse. Il faudra vaincre ce silence. Il faudra vaincre le silence de la France. Cela me plaît. »

Vercors, *Le Silence de la mer* © Albin Michel, 1980.

Extrait 8
« Il était tombé la tête en avant »

Après la mort de Gérard Duval, Paul réussit à rejoindre les lignes allemandes et ses camarades. Leur compagnie est affectée à la garde d'un village français abandonné où ils trouvent des monceaux de victuailles dont ils se gavent pendant des semaines.

Lors de l'évacuation d'un autre village, Kropp et Paul sont blessés à la jambe. Ils se retrouvent dans le même hôpital : Kropp est amputé de la jambe et Paul est seulement plâtré. « Seul l'hôpital montre bien ce qu'est la guerre » avec ses milliers de blessés, d'estropiés à vie et de mourants.

Après une permission de convalescence, Paul repart pour le front. Les réserves et les munitions allemandes s'épuisent alors qu'en face, des troupes fraîches américaines arrivent de plus en plus nombreuses. Le moral des soldats allemands est au plus bas : ils sont épuisés et ils n'ont presque plus rien à manger.

Les mois se succèdent : l'été de l'année 1918 est « le plus pénible et le plus sanglant de tous ». Tous les amis de Paul sont morts, Kat le dernier.

C'est l'automne. Des anciens soldats, il n'en reste plus beaucoup. Je suis le dernier des sept sortis de notre classe.

Chacun parle d'armistice et de paix. Tout le monde attend. Si c'est encore une désillusion, ce sera la catastrophe. Les
5 espérances sont trop fortes : il n'est plus possible de les écarter, sans qu'elles fassent explosion. Si ce n'est pas la paix, ce sera la révolution.

J'ai quinze jours de repos parce que j'ai avalé un peu de gaz. Je suis assis toute la journée au soleil dans un petit jardin. L'armistice va venir bientôt; maintenant, je le crois, moi aussi. Alors, nous rentrerons chez nous; c'est à quoi s'arrêtent mes pensées. Elles ne peuvent pas dépasser ce point. Ce qui m'attire et m'entraîne, ce sont des sentiments, c'est la soif de vivre, c'est l'attrait du pays natal, c'est le sang, c'est l'ivresse du salut. Mais ce ne sont pas là des buts.

Si nous étions rentrés chez nous en mil neuf cent seize, par la douleur et la force de ce que nous avions vécu, nous aurions déchaîné une tempête. Si maintenant nous revenons dans nos foyers, nous sommes las, déprimés, vidés, sans racine et sans espoirs. Nous ne pourrons plus reprendre le dessus.

On ne nous comprendra pas non plus, car devant nous croît une génération qui, il est vrai, a passé ces années-là en commun avec nous, mais qui avait déjà un foyer et une profession et qui, maintenant, reviendra dans ses anciennes positions, où elle oubliera la guerre; et, derrière nous, croît une génération semblable à ce que nous étions autrefois, qui nous sera étrangère et nous écartera.

Nous sommes inutiles à nous-mêmes. Nous grandirons; quelques-uns s'adapteront; d'autres se résigneront et beaucoup seront absolument désemparés; les années s'écouleront et, finalement, nous succomberons.

Mais peut-être qu'aussi tout ce que je pense n'est que mélancolie et abattement, choses qui disparaîtront lorsque je serai de nouveau sous les peupliers à écouter bruire leurs feuilles.

Il n'est pas possible que cette douceur qui faisait s'agiter notre sang, que l'incertitude, l'inquiétude, l'approche de l'avenir et ses mille visages, que la mélodie des rêves et des livres, que l'ivresse et le pressentiment des femmes n'existent plus. Il n'est pas possible que tout cela ait été anéanti sous la violence du bombardement, dans le désespoir et dans les bordels à soldats.

Les arbres ont ici un éclat multicolore et doré ; les baies des sorbiers rougissent dans le feuillage. Des routes courent toutes blanches vers l'horizon et les cantines bourdonnent de rumeurs de paix, comme des ruches.

Je me lève. Je suis très calme. Les mois et les années peuvent venir. Ils ne me prendront plus rien. Ils ne peuvent plus rien me prendre. Je suis si seul et si dénué d'espérance que je peux les accueillir sans crainte.

La vie qui m'a porté à travers ces années est encore présente dans mes mains et dans mes yeux. En étais-je le maître ? je l'ignore. Mais, tant qu'elle est là, elle cherchera sa route, avec ou sans le consentement de cette force qui est en moi et qui dit « Je ».

*

Il tomba en octobre mil neuf cent dix-huit, par une journée qui fut si tranquille sur tout le front que le communiqué se borna à signaler qu'à l'ouest il n'y avait rien de nouveau.

Il était tombé la tête en avant, étendu sur le sol, comme s'il dormait. Lorsqu'on le retourna, on vit qu'il n'avait pas dû souffrir longtemps. Son visage était calme et exprimait comme un contentement de ce que cela s'était ainsi terminé.

E.-M. Remarque, *À l'Ouest rien de nouveau*,
traduit de l'Allemand par Alzir Hella et Olivier Bournac,
Éditions Stock.

Extrait 8

Tombes de soldats allemands.

Questions

Repérer et analyser

Le cadre spatio-temporel

1 En quelle année et en quelle saison l'action s'achève-t-elle ? Quelle importance historique cette période revêt-elle ? Mettez ce moment en rapport avec la fin du roman.

2 Dans quel lieu le narrateur se trouve-t-il ?

La réflexion sur l'avenir

3 Par une étude du vocabulaire, dites ce que les soldats attendent de l'armistice (l. 10 à 15).

4 Qui le pronom « nous » désigne-t-il lignes 16 à 32 ? Quelle différence y a-t-il entre la génération à laquelle appartient le narrateur et celle qui la précède ou la suit ?

5 Comment le narrateur voit-il l'avenir pour lui et ceux de sa génération ? Relevez dans les lignes 16 à 36 le champ lexical de la mélancolie. Comment comprenez-vous l'expression « Nous sommes inutiles à nous-mêmes » (l. 29) ?

L'état intérieur du narrateur

6 a. Quelle est l'image du passé qui éveille l'espérance chez le narrateur (l. 33 à 36) ?

b. Relevez l'anaphore présente dans les lignes 37 à 43. Que souligne-t-elle ? Quels sont les éléments de la vie qui devraient résister aux effets de la guerre ?

7 Quel effet peut avoir sur le narrateur la nature qui l'entoure (l. 44 à 47) ? Relevez les expressions qui rendent le paysage décrit particulièrement vivant et lumineux ? Qu'apporte de particulier la comparaison de la ligne 47 ?

8 a. « Ils ne me prendront plus rien » (l. 49) : que veut dire le narrateur ?

b. Dans quelle phrase exprime-t-il le mieux sa solitude et son désespoir ? Montrez que l'élan vital est toujours présent. Appuyez-vous sur le mot qui est sujet des verbes dans les lignes 52 à 56 ?

Extrait 8 95

La fin du roman

9 Qu'a-t-il pu se passer entre les lignes 56 et 57 ?

10 a. Qui le pronom « Il » désigne-t-il à la ligne 57 ? Comment expliquez-vous le changement de narrateur ?
b. Comment se termine le roman ? Le lecteur s'attendait-il à cette fin ? Selon vous, une autre fin aurait-elle été possible ? Paul aurait-il pu reprendre une vie normale ?
c. Dans le film réalisé à partir du roman et projeté en 1929, le metteur en scène, Lewis Milestone, choisit de faire mourir Paul alors qu'il essaie d'attraper un papillon. Que pensez-vous de ce choix ? En quoi est-il symbolique ?

11 Quelle explication est donnée au titre du roman ?

L'enjeu du roman

12 a. En quoi ce roman met-il en avant les effets de la guerre sur les êtres jeunes ?
b. Montrez qu'il dénonce les souffrances causées par la guerre et qu'il prône les valeurs humanistes et pacifistes.

Écrire

Écrire un récit
13 Faites en quelques lignes le récit de la mort de Paul.

Imaginer une autre fin
14 Imaginez une autre fin : Paul ne meurt pas. Il rentre chez lui, indemne ou blessé. Racontez la façon dont il aborde sa nouvelle vie. Vous resterez fidèle à l'esprit du roman.

Enquêter

L'armistice du 11 novembre 1918
15 Faites des recherches sur l'armistice du 11 novembre 1918 vécue du côté allemand.

À l'Ouest rien de nouveau

Lire et comparer

Le Dormeur du Val, Arthur Rimbaud (1870)

C'est un trou de verdure où chante une rivière,
Accrochant follement aux herbes des haillons
D'argent ; où le soleil, de la montagne fière,
Luit : c'est un petit val qui mousse de rayons.

Un soldat jeune, bouche ouverte, tête nue,
Et la nuque baignant dans le frais cresson bleu,
Dort ; il est étendu dans l'herbe, sous la nue,
Pâle dans son lit vert où la lumière pleut.

Les pieds dans les glaïeuls, il dort. Souriant comme
Sourirait un enfant malade, il fait un somme :
Nature, berce-le chaudement : il a froid.

Les parfums ne font pas frissonner sa narine ;
Il dort dans le soleil, la main sur sa poitrine,
Tranquille. Il a deux trous rouges au côté droit.

Arthur Rimbaud,
Le Dormeur du Val (1870).

16 Dans quelle mesure peut-on comparer ce poème à la dernière page de *À l'Ouest rien de nouveau* ?

Deuxième partie

Les Croix de bois
Roland Dorgelès

Affiche du film *Les Croix de bois*, réalisé par R. Bernard en 1931.

Extrait 1

« Le bataillon, fleuri comme un grand cimetière »

Les fleurs, à cette époque de l'année[1], étaient déjà rares ; pourtant on en avait trouvé pour décorer tous les fusils du renfort et, la clique en tête, entre deux haies muettes de curieux, le bataillon, fleuri comme un grand cimetière, avait traversé la ville à la débandade.

Avec des chants, des larmes, des rires, des querelles d'ivrognes, des adieux déchirants, ils s'étaient embarqués. Ils avaient roulé toute la nuit, avaient mangé leurs sardines et vidé les bidons à la lueur d'une misérable bougie, puis, las de brailler, ils s'étaient endormis, tassés les uns contre les autres, tête sur épaule, jambes mêlées.

Le jour les avait réveillés. Penchés aux portières, ils cherchèrent dans les villages d'où montaient les fumées du petit matin, les traces des derniers combats. On se hélait de wagon à wagon.

– Tu parles d'une guerre, même pas un clocher de démoli !

Puis les maisons ouvrirent les yeux, les chemins s'animèrent, et retrouvant de la voix pour hurler des galanteries, ils jetèrent leurs fleurs fanées aux femmes qui attendaient, sur le môle des gares, le retour improbable de leurs maris partis. Aux haltes, ils se vidaient et faisaient le plein des bidons. Et vers dix heures, ils débarquaient enfin à Dormans, hébétés et moulus.

Après une pause d'une heure pour la soupe, ils s'en allèrent par la route, – sans clique, sans fleurs, sans mouchoirs

| [1]. Nous sommes en novembre.

agités, – et arrivèrent au village où notre régiment était au repos, tout près des lignes.

Là, on en tint comme une grande foire, leur troupeau fatigué fut partagé en petits groupes – un par compagnie – et les fourriers désignèrent rapidement à chacun une section, une escouade, qu'ils durent chercher de ferme en ferme, comme des chemineaux sans gîte, lisant sur chaque porte les grands numéros blancs tracés à la craie.

Bréval, le caporal, qui sortait de l'épicerie, trouva les trois nôtres comme ils traînaient dans la rue, écrasés sous le sac trop chargé où brillaient insolemment des ustensiles de campement tout neufs.

– Troisième compagnie, cinquième escouade ? C'est moi le cabot. Venez, on est cantonné au bout du patelin.

Quand ils entrèrent dans la cour, ce fut Fouillard, le cuisinier, qui donna l'alerte.

– Hé ! les gars, v'là le renfort.

Et ayant jeté, devant les moellons noirs de son foyer rustique, la brassée de papier qu'il venait de remonter de la cave, il examina les nouveaux camarades.

– Tu t'es pas fait voler, dit-il sentencieusement à Bréval. Ils sont beaux comme neufs.

Nous nous étions tous levés et entourions d'un cercle curieux les trois soldats ahuris. Ils nous regardaient et nous les regardions sans rien dire. Ils venaient de l'arrière, ils venaient des villes. La veille encore ils marchaient dans des rues, ils voyaient des femmes, des tramways, des boutiques ; hier encore ils vivaient comme des hommes. Et nous les examinions émerveillés, envieux, comme des voyageurs débarquant des pays fabuleux.

– Alors, les gars, ils ne s'en font pas là-bas ?

– Et ce vieux Paname, questionna Vairon, qu'est-ce qu'on y fout ?

Eux aussi nous dévisageaient, comme s'ils étaient tombés chez les sauvages. Tout devait les étonner à cette première rencontre ; nos visages cuits, nos tenues disparates, le bonnet de fausse loutre du père Hamel, le fichu blanc crasseux que Fouillard se nouait autour du cou, le pantalon de Vairon cuirassé de graisse, la pèlerine de Lagny, l'agent de liaison, qui avait cousu un col d'astrakan sur un capuchon de zouave, ceux-ci en veste de biffin, ceux-là en tunique d'artilleur, tout le monde accoutré à sa façon ; le gros Bouffioux, qui portait sa plaque d'identité à son képi, comme Louis XI portait ses médailles, un mitrailleur avec son épaulière de métal et son gantelet de fer qui le faisaient ressembler à un homme d'armes de Crécy, le petit Belin, coiffé d'un vieux calot de dragon enfoncé jusqu'aux oreilles, et Broucke, « le gars de ch'Nord » qui s'était taillé des molletières dans des rideaux de reps vert.

Seul Sulphart, par dignité, était resté à l'écart, juché sur un tonneau, où il épluchait des patates, avec l'air digne et absorbé qu'il prenait pour accomplir les actes les plus simples de l'existence. Grattant sa barbe de crin roux, il tourna négligemment la tête et regarda avec une indifférence affectée un des trois nouveaux, un jeune à l'air maussade, imberbe ou rasé, on ne savait pas, coiffé d'un beau képi de fantaisie et chargé d'une large musette de moleskine blanche.

Extraits du chapitre 1, « Frères d'armes ».

Questions

Extrait 1

Repérer et analyser

Le narrateur, le cadre, le point de vue

1 Qui le pronom « ils » désigne-t-il dans le premier paragraphe ?

2 À partir de quelle ligne apparaît la marque du narrateur ? Est-il un personnage de l'histoire qu'il raconte ? Que peut-on savoir de lui à ce stade du récit ?

3 Dans quelle commune les soldats arrivent-ils ? Où cette commune se trouve-t-elle en France ?

4 Le point de vue

> Le point de vue est l'angle sous lequel le narrateur raconte ou décrit. Lorsque le récit est à la 1re personne, le narrateur adopte son propre point de vue, il ne décrit ou raconte que ce qu'il voit ou sait. Lorsque le récit est à la 3e personne, le narrateur adopte le plus souvent un point de vue omniscient, témoignant d'une connaissance parfaite des personnages, des lieux, des événements...

a. Quelle différence de point de vue faites-vous entre les six premiers paragraphes et la suite de l'extrait ?

b. Cette variation de point de vue est-elle courante dans un roman à la première personne ?

Les motifs du récit de guerre

Le départ « la fleur au fusil »

> L'image de la fleur au fusil s'applique traditionnellement aux soldats d'août 1914 partis à la guerre emplis d'un certain enthousiasme.

5 a. Pourquoi les soldats ont-ils été envoyés dans cette commune ?
b. Quel a été leur état d'esprit et leur comportement au cours du voyage ? Quelle est l'atmosphère décrite ?
c. À quelles lignes apparaît le motif des fleurs ?

Les nouveaux camarades

6 a. Combien de soldats arrivent dans la cinquième escouade ? À quoi voit-on qu'ils sont nouveaux ?
b. Dans quel lieu se produit la rencontre entre les nouveaux soldats et les anciens ? À quel moment de la journée ?

Les Croix de bois

7 a. « Ils venaient de l'arrière » (l. 50) : expliquez cette expression.
b. Comment les anciens imaginent-ils la vie à l'arrière ? Appuyez-vous sur les comparaisons (l. 51-55) et les paroles des personnages.

8 a. Le narrateur décrit-il ses compagnons à partir de son propre regard ou par l'intermédiaire du regard des nouveaux venus ? Justifiez votre réponse.
b. Quels sont les principaux personnages qui font partie de l'escouade ? Quelles sont leurs caractéristiques respectives ?

Le mode de narration

9 Les niveaux de langage

> Le narrateur a choisi de mélanger les niveaux de langage à l'intérieur des passages narratifs : familier, courant, soutenu.

a. À quel moment, par exemple dans les passages narratifs, le niveau de langage est-il familier ? Citez des passages où il est plus soutenu.
b. Quel est le niveau de langage utilisé par les soldats dans les dialogues ? Quel effet le narrateur cherche-t-il à produire ?

10 Le narrateur manie également les images : identifiez la figure de style employée lignes 17-18 ? Quel rapprochement le narrateur fait-il entre les maisons, les chemins et les hommes du train ?

11 Relevez lignes 59 à 73 les comparaisons qui montrent que le narrateur est un homme cultivé.

L'enjeu du passage

12 a. Relevez la comparaison ligne 4. Qu'annonce-t-elle ?
b. Le narrateur reprend le motif des fleurs ligne 19 : dans quel état sont les fleurs que jettent les soldats aux femmes ? Quel éclairage le narrateur donne-t-il aux événements qui vont suivre ? Appuyez-vous aussi sur le titre du chapitre.

Enquêter

13 Cherchez où se trouve Dormans.

Extrait 2
« C'est la guerre... »

Le narrateur, Jacques Larcher, écrivain, devient un véritable ami pour le nouveau venu, Gilbert Demachy, étudiant en droit. Ils se vouvoient, parlent de Paris, ils ont une relation plus profonde qu'avec les autres soldats, qui sont de bons camarades.

Les anciens racontent leurs exploits passés aux nouvelles recrues qui ont déjà envie de connaître le front.

Quelques jours après leur arrivée, leur régiment se met en route...

À la halte, étendus derrière la ligne des faisceaux, les hommes se délassaient. Les nouveaux – le corps moins endurci – ne débouclaient même plus leur sac ; ils se couchaient sur le dos, le barda remonté sous la tête, comme un dur oreiller, et sentaient frémir la fatigue dans leurs jambes endolories.

– Sac à dos !

On repartait en clopinant. On ne riait plus, on parlait moins fort. Le régiment qui tout à l'heure emplissait la route poudreuse jusqu'au dos des coteaux, se perdait dans une buée légère. Bientôt on ne vit plus la tête du bataillon ; puis la compagnie elle-même ondula dans la brume. Le soir allait venir, on entrait dans un rêve. Les villages se reposaient, la journée terminée, et leur haleine agreste de bois brûlé montait des toits pointus.

On s'était battu en septembre dans ce pays, et, tout le long de la route, les croix au garde-à-vous s'alignaient, pour nous voir défiler.

Les Croix de bois

Près d'un ruisseau, tout un cimetière était groupé ; sur chaque croix flottait un petit drapeau, de ces drapeaux d'enfant qu'on achète au bazar, et cela tout claquant donnait à ce champ de morts un air joyeux d'escadre en fête.

Sur le bord des fossés, leur file s'allongeait, croix de hasard, faites avec deux planches ou deux bâtons croisés. Parfois toute une section de morts sans nom, avec une seule croix pour les garder tous. « Soldats français tués au champ d'honneur », épelait le régiment. Autour des fermes, au milieu des champs, on en voyait partout : un régiment entier avait dû tomber là. Du haut du talus encore vert, ils nous regardaient passer, et l'on eût dit que leurs croix se penchaient pour choisir dans nos rangs ceux qui, demain, les rejoindraient.

Pourtant, elles n'étaient pas tristes, ces premières tombes de la guerre. Rangées en jardins verdoyants, encadrées de feuillage et couronnées de lierre, elles se donnaient encore des airs de charmille pour rassurer les copains qui partaient. Puis, à l'écart, dans un champ nu, une croix noire, toute seule, avec un calot gris.

– Un Boche ! cria quelqu'un.

Et tous les nouveaux se bousculèrent pour regarder : c'était le premier qu'ils voyaient.

*

Dans un bourdonnement assourdi de voix étouffées, de cliquetis et de pas fourbus, la compagnie entra dans le village noyé d'ombre. Pas bien loin, les fusées barraient la nuit d'un long boulevard de clarté, et, par instants, cela s'égayait de lueurs rouges ou vertes, vite éteintes, pareilles à des enseignes lumineuses.

Ce ciel de guerre faisait penser à une nuit populaire de quatorze juillet. Rien de tragique. Seul, le vaste silence.

Extrait 2

Au milieu de la grande rue, une ferme qui brûlait mettait au-dessus des toits démantelés un rouge brutal de fête foraine, et l'on était tout surpris de ne pas entendre les orgues. Des lapins enflammés traversèrent les rangs, comme de petites torches vivantes. Puis, entre deux murs près de crouler, on vit courir, dans la buée rouge de l'incendie, des ombres muettes qui portaient des seaux.

– Pressons, pressons, répétaient les officiers, ils vont encore tirer.

Tombées l'une vers l'autre, les maisons blessées mêlaient leurs ruines et l'on trébuchait sur les gravats. De loin en loin, une façade abattue tout entière barrait la rue. On franchissait en sacrant cet amas de pierraille, et la compagnie disloquée se reformait en trottinant.

[...]

Harassé, tendant le cou comme un cheval qui monte une côte, Demachy suivait le braconnier. Quand la file s'arrêtait, il allait buter dans son sac, et attendait, engourdi, que ça reparte. Sa fatigue même avait disparu : il était une chose exténuée, sans volonté, qu'on pousse. Les yeux tournés vers les premières lignes, il cherchait cependant à voir les fusées, entre deux murs. C'était pour lui une déception, cette première vision de la guerre. Il aurait voulu être ému, éprouver quelque chose, et il regardait obstinément vers les tranchées, pour se donner une émotion, pour frissonner un peu.

Mais, il se répétait : « C'est la guerre... Je vois la guerre » sans parvenir à s'émouvoir. Il ne ressentait rien, qu'un peu de surprise. Cela lui semblait tout drôle et déplacé, cette féerie électrique au milieu des champs muets. Les quelques coups de fusil qui claquaient avaient un air inoffensif. Même ce village dévasté ne le troublait pas : cela ressemblait trop à un décor. C'était trop ce qu'on pouvait imaginer. Il eût fallu des cris, du tumulte, une fusillade, pour animer tout cela, donner une âme aux choses : mais cette nuit, ce grand silence, ce n'était pas la guerre...

85 Et c'était bien elle pourtant : une rude et triste veille plutôt qu'une bataille.

Extraits du chapitre 3, « Le fanion rouge ».

Christopher Nevinson (1889-1946), «Colonne en marche», 1915.
Huile sur toile, 63,8 x 76,6 cm, Birmingham, City Museum and Art Gallery.

Questions

Extrait 2

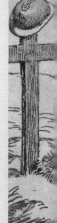

Repérer et analyser

Le narrateur et le cadre spatio-temporel

1 À quels pronoms personnels voit-on que le narrateur fait partie du régiment en marche ?

2 a. Relevez les différents éléments qui composent le paysage. Montrez que le narrateur présente les lieux au fur et à mesure que les soldats avancent.

b. Relevez les expressions qui signalent la progression du temps. À quel moment de la journée arrivent-ils au village ?

Les motifs du roman de guerre

La fatigue et l'errance

3 a. Relevez les termes qui soulignent l'état de fatigue des soldats. Comment cet état se manifeste-t-il dans leur comportement ?

b. À quel animal Demachy est-il comparé ?

Le motif des croix (l. 16 à 41)

4 a. Quelles sont les expressions qui montrent que les croix sont nombreuses ?

b. Montrez que le rythme et la construction de la phrase lignes 27-28 renforcent l'impression que les soldats sont environnés de croix.

5 Montrez à partir d'un relevé précis :
– que les croix sont personnifiées ;
– que le narrateur donne une image plutôt gaie de ces croix. Relevez le passage dans lequel il en a une vision inquiétante.

6 Quelle croix est différente des autres ? Pour quelle raison ? Quel effet produit-elle sur les soldats ?

Une vision irréelle et poétique de la guerre

7 Relevez le champ lexical de la fête et de la lumière dans les lignes 42 à 56. Quelle est la couleur dominante ?

8 Quel point de vue le narrateur adopte-t-il dans les lignes 71 à 84 pour dépeindre son état intérieur ?

Les Croix de bois

9 **a.** Dans quel état moral Demachy se trouve-t-il ? Pour quelle raison n'est-il pas troublé par le village dévasté ?
b. Relevez dans lignes 75 à 84 une expression qui renvoie à un univers poétique et un terme qui renvoie à l'univers du théâtre. Cherchez ensuite entre les lignes 8 et 15 les expressions qui annoncent cette entrée dans l'univers de l'illusion.
c. Quel mode verbal est utilisé dans les expressions « il aurait voulu » (l. 72) et « il eût fallu » (l. 81) ? Quelle est la valeur de ce mode ? Quels sont les éléments qui manquent pour que la guerre paraisse réelle ?

La portée du passage : illusion et réalité

10 Quelle est la phrase qui clôt l'extrait ? À quoi voit-on en effet que c'est la guerre et que l'absence de tristesse n'est qu'illusoire ? Pour répondre, relisez les lignes 50 à 63.
a. Relevez le champ lexical de l'incendie et de la destruction.
b. Quelle comparaison (l. 53) et quelle personnification (l. 59) confèrent un aspect dramatique à la scène ?

Écrire

Raconter un événement vécu

11 Vous est-il arrivé d'avoir été déçu(e) par un événement longtemps attendu et imaginé ?
Racontez cet événement en mettant en valeur l'opposition entre le passé et le présent et en analysant les sentiments éprouvés.

Extrait 3
« J'ai peur de dormir... »

Arrivés près des tranchées, ils essuient le souffle de leur premier obus. Ils s'installent pour la nuit, n'ayant pas de tour de veille à prendre pour ce soir-là, mais la bataille fait rage tout près d'eux. Ils entendent l'artillerie française et la réplique des Allemands, qui s'acharne sur les soldats français. Les Poilus tombent devant leurs yeux lorsqu'un survivant agite sa ceinture rouge, signifiant qu'il faut que les Français allongent le tir. Les Allemands abattent ce soldat, qui meurt, le fanion rouge bien en évidence près de lui. Cette nuit-là, le capitaine de la section passe dans leur tranchée pour demander un volontaire capable de guider une patrouille au plus près des tranchées ennemies. Gilbert se propose tout de suite et réussit l'exploit qui lui était demandé, au milieu des fusillades, dans un terrain jonché de morts, la nuit, tout seul. Il rentre au petit matin et rend compte de sa mission. Les soldats ne le croient pas jusqu'à ce qu'il sorte de sa poche le fanion rouge du soldat mort...

En attendant de partir à l'attaque, les soldats parlent beaucoup entre eux de nourriture, de chez eux, de la guerre...

Je ne veux pas dormir : j'aurais à peine le temps de fermer les yeux. Je prends mon sac à patates et j'y glisse mes jambes pour ne pas avoir froid. Puis, la couverture tirée jusqu'aux yeux, les mains sous les aisselles, je regarde rêveusement sautiller la flamme de la bougie qui meurt. Je reconnais la voix de Sulphart, qu'une fureur impuissante tient éveillé.

– Ce qui me fout à ressaut, explique-t-il au petit Belin, c'est d'aller me faire fendre la gueule pour aller prendre trois champs de betteraves qui ne servent à rien... Qu'est-ce que

Les Croix de bois

tu veux qu'ils en foutent, de leur petit bois qui est dans un creux ? C'est pour le plaisir de faire descendre des bonshommes, quoi !...

Le monologue du rouquin doit bercer le gosse comme une chanson de maman. Et sa voix endormie répond :

– Cherche pas à comprendre, va, cherche pas à comprendre.

Les autres voix ont bourdonné un instant, puis se sont tues. Ils dorment à présent. Redressé sur le coude, je les regarde, à peine distincts ; je les devine plutôt. Ils dorment, sans cauchemar, comme les autres nuits. Leurs respirations se confondent : lourds souffles de manœuvres, sifflements de malades, soupirs égaux d'enfants. Puis il me semble que je ne les entends plus, qu'elles se perdent aussi dans le noir. Comme s'ils étaient morts... Non, je ne peux plus les voir dormir. Le sommeil écrasant qui les emporte ressemble trop à l'autre sommeil. Ces visages détendus ou crispés, ces faces couleur de terre, j'ai vu les pareils, autour des tranchées, et les corps ont la même pose, qui dorment éternellement dans les champs nus. La couverture brune est tirée sur eux comme le jour où deux copains les emporteront, rigides. Des morts, tous des morts... Et je n'ose dormir, ayant peur de mourir comme eux.

[...]

On entend monter des gourbis la respiration de ceux qui dorment : on dirait que la tranchée geint comme un enfant malade. Transi, je me remets à danser comme un ours devant mon créneau noir, sans penser à rien qu'à l'heure qui s'écoule. Nez à nez, les bras croisés, les hommes sautillent pesamment en bavardant, ou battent la semelle d'un rythme régulier. La nuit s'anime de ce bruit cadencé. Dans le cheminement, dans le boyau, la terre gercée résonne sous tous ces pieds cloutés. Toute la tranchée danse, cette nuit

Extrait 3

d'attaque, toute l'armée doit danser, la France entière danse, de la mer jusqu'aux Vosges... Quel beau communiqué pour demain !

Fatigué, je ne saute plus. Accoudé au parapet, je pense vaguement à des choses... Puis ma tête tombe et je me redresse... C'est bête, je m'endormais. Je regarde ma montre à mon poignet : encore deux heures. Jamais je ne pourrai attendre minuit, jamais. J'écoute, avec envie, le ronflement d'un camarade qui « en écrase » dans son trou. Si je pouvais me glisser près de lui, sur la paille tiède, la tête sur son oreiller de sacs à terre, et dormir... Mes yeux se ferment délicieusement en y pensant...

Non, pas de blague... Je me secoue et me force à regarder le trou noir du créneau, où l'on ne voit jamais rien. C'est trop tranquille, aussi, pas un obus ; on dirait que les Allemands sont partis.

Tac ! Un coup de feu claque sec, venant des lignes boches. Puis un autre, aussitôt... Les hommes qui rêvassaient à leur créneau se sont brusquement redressés. Nous écoutons, anxieux. Un instant se passe, puis quelques coups de feu partent à la débandade, et la fusillade gagne en crépitant.

– Ils tirent sur la patrouille !

Une fusée ennemie tire son trait blanc et éclate. Une autre siffle à droite, puis à gauche, et leurs yeux fulgurants, balancés par le vent, épient la plaine réveillée. Rien n'y bouge, les nôtres sont planqués.

Face à nous, toute la ligne allemande tire : les balles miaulent au-dessus de la tranchée, très bas, et plusieurs claquent sur le parapet, comme des coups de fouet. Dans ce bruit de fusillade, le crépitement régulier d'une mitrailleuse domine, exaspérant. Gare ! une fusée verte ! les Boches demandent l'artillerie. Nous attendons, un peu plus courbés derrière nos créneaux.

Cinq coups éclatent, en gerbes rouges, cinq shrapnells bien en ligne. Leur lueur soudaine éclaire les dos ronds et les têtes qui s'enfoncent. Dans la plaine, dispersés, des obus éclatent, percutants et fusants. Quelques minutes de fracas et, sans raison, tout se tait ; le canon a passé sa colère. La fusillade aussi s'est arrêtée.

– Faites passer, ne tirez pas... La patrouille est dehors, commande une voix.

– Faites passer, ne tirez pas.

Le commandement arrive, passe, s'éloigne. Nous guettons, nous écoutons... Clac ! À quelques pas, un coup de feu brise le silence. Mais il est fou, celui-là ? Clac ! Encore un...

– Ne tirez pas, bon Dieu ! crie le sergent Berthier qui est sorti de son gourbi. C'est la patrouille qui rentre.

Au même instant j'entends dans les ténèbres une voix qui grelotte. On dirait qu'on chante... Mais oui, c'est une chanson :

Je veux revoir ma Normandie.

Derrière moi, Fouillard rit. Et je ris aussi malgré moi, le cœur serré. C'est tragique et burlesque cette romance bredouillée dans le noir. La voix se rapproche et cesse de chanter. [...]

J'écoute avec peine, je m'engourdis. Encore une heure un quart... Je vais compter jusqu'à mille, cela fera bien un quart d'heure. Après, je n'aurai plus qu'une heure à tirer.

Mais cela m'endort, ce chapelet de chiffres bêtes. Pour me tenir éveillé, je veux penser à l'attaque, notre course folle dans la plaine, la chaîne d'hommes qui se brise maille à maille ; je veux me faire peur. Mais non, je ne peux pas. Ma tête lourde ne m'obéit plus. Mon esprit engourdi se perd en titubant dans une rêverie confuse.

La guerre... Je vois des ruines, de la boue, des files d'hommes fourbus, des bistrots où l'on se bat pour des litres de vin, des gendarmes aux aguets, des troncs d'arbres déchiquetés et des croix de bois, des croix, des croix... Tout cela défile, se mêle, se confond. La guerre...

Il me semble que ma vie entière sera éclaboussée de ces mornes horreurs, que ma mémoire salie ne pourra jamais oublier. Je ne pourrai plus jamais regarder un bel arbre sans supputer le poids du rondin, un coteau sans imaginer la tranchée à contre-pente, un champ inculte sans chercher les cadavres. Quand le rouge d'un cigare luira au jardin, je crierai, peut-être : « Eh ! le ballot qui va nous faire repérer !... » Non, ce que je serai embêtant, avec mes histoires de guerre, quand je serai vieux !

Mais serai-je jamais vieux ? On ne sait pas... Après-demain... Ce qu'ils ronflent, les veinards ! Un coin de paille n'importe où, ma couverture, je n'envie plus que cela. Dormir.

Dans un demi-sommeil, ma pensée vacillante ébauche une idylle burlesque, une sorte de songe inconscient que je ne comprends pas. J'ai rejoint la jeune fille à l'entrée de son cantonnement et, lui montrant la campagne d'un geste autoritaire, je lui fixe le rendez-vous.

– Devant vous, à douze cents mètres une meule de paille... À deux doigts à gauche, un arbre en boule...

Et militairement, les pieds en équerre, la jeune fille me répond en saluant :

– Vu...

Ce qu'il fait froid !... Et noir... Pourquoi sommes-nous là, tous ?... C'est bête. C'est triste. Ma tête penche, tombe... J'ai peur de dormir... Je dors...

VI

J'ai retrouvé la ferme telle que nous l'avions laissée dimanche, avant l'attaque. On croirait que les quatre compagnies viennent à peine de franchir l'herbage, montant aux tranchées, et le gros chien qui gambade semble courir après un traînard. Rien n'a bougé.

C'est là, par ce chemin de boue gercée, que nous sommes partis. Combien sont revenus ? Oh ! non, ne comptons pas...

Je rentre dans la grande salle, tout embaumée de soupe, et m'assieds près de la fenêtre, sur ma chaise. Voici mon bol, mes sabots, mon petit flacon d'encre. Cela semble si bon de retrouver ces choses à soi, ces riens amis qu'on aurait pu ne jamais revoir.

Mon bonheur m'attendait, la vie continue, avec de nouveaux délais d'espoir. Une sorte d'âpre joie sourd en mon cœur. Je vois le soleil, moi, j'entends l'eau qui chante, moi ; et mon cœur est tranquille, lui qui a tant battu.

Comme l'homme est dur, malgré ses cris de pitié, comme la douleur des autres lui semble légère, quand la sienne n'y est pas mêlée ! Je regarde les choses d'un œil distrait. Le tas de fumier, humide et luisant, est appuyé au mur, si bien que, de la salle, on voit le petit coq noir à hauteur de la fenêtre, dans une légère vapeur bleue. Sur les pierres grises de l'étable, des balles perdues ont laissé comme des cicatrices blanches. Au milieu du courtil, le puits à la margelle usée, et ses trois murs verdis... Comment, cela n'est pas fini, là-bas ? On dirait que le canon reprend. Qui nous a relevés ? Le 148. Pauvres gars !... [...]

C'est là, dans cette grange au toit hérissé de chaume, que nous avions entassé nos sacs. Ils y sont encore, presque tous, l'ossuaire d'un bataillon. C'est un tragique fouillis d'outils rouillés, d'équipements, de havre-sacs éventrés, de cartouchières, de musettes. Du linge traîne, déjà boueux. Une boule de pain pas entamée, un goulot qui dépasse, des paquets de lettres, des cartes en couleurs, si niaises et qui feraient pleurer... Malgré soi, on lit les noms, sans se baisser : je les connais tous...

Ça, c'est la veste de Vairon. Il l'avait laissée craignant d'avoir trop chaud. On a tout fouillé, on s'est partagé le chocolat et les boîtes de singe, et on a noué dans un mouchoir les papiers, les pauvres bricoles qu'on envoie aux familles : héritages de soldats. Une photo a glissé dans l'ornière : une maman en robe des dimanches, son gros bébé sur les genoux. Des chemises encore pliées, des paquets de pansements, une pipe. Et, perdu sur ce tas misérable, un coussin de soie, un beau coussin rose, amené là on ne sait comment, par on ne sait qui.

Bon sang, mais cela tonne dur...

Extraits des chapitres 5, « La veille des armes », et 6, « Le moulin sans ailes ».

Soldats français se reposant entre deux factions. La Harazée (Marne).

Questions

Repérer et analyser

Les motifs du roman de guerre

Le froid, l'attente

1 a. Dans quel lieu le narrateur se trouve-t-il (l. 1 à 32) ?
b. Pourquoi ne veut-il pas dormir ? Pour quelle raison ne peut-il pas non plus regarder les autres dormir ? Appuyez-vous précisément sur le texte.

2 « On entend monter des gourbis la respiration de ceux qui dorment » (l. 34-35) : à quelle charge le narrateur est-il affecté ? À quelle place se trouve-t-il ?

3 a. Relevez lignes 34 à 42 deux termes qui témoignent de la rigueur de la température. Que fait le narrateur pour ne pas avoir froid ?
b. Par quelle gradation le narrateur arrive-t-il à évoquer la France entière en train de danser ? Quel est l'effet produit ?

Le sommeil, l'engourdissement

4 a. Montrez que le narrateur lutte contre le sommeil. Pendant combien de temps doit-il rester éveillé (l. 47 à 58) ?
b. Quel événement met fin à l'engourdissement dans lequel il sombre ?
c. Comment fait-il ensuite pour tenter de rester éveillé (l. 98 à 106) ? Comment le narrateur marque-t-il la lenteur du temps qui passe ?

5 Relisez les lignes 98 à 137.
a. Relevez les mots par lesquels commence et finit ce passage.
b. Que signifie l'expression « rêverie confuse » (l. 106) ? Relevez les expressions qui viennent en écho à cette expression dans les lignes 105 à 127.
c. Montrez que les images se succèdent de façon discontinue dans l'esprit du narrateur. À quels moments revient-il à la réalité ?

La fusillade

6 L'onomatopée

> Une onomatopée est un mot qui, par ses sonorités, reproduit un bruit (ex. : glou-glou).

Extrait 3 117

Relevez l'onomatopée qui signale le début de la fusillade et qui la scande par la suite.

7 a. Relevez également le lexique du bruit. De quel type de bruit s'agit-il ?

b. Les allitérations et les assonances

Les allitérations sont des répétitions de sonorités consonnes, les assonances des répétitions de sonorités voyelles. Il convient d'étudier l'effet produit par les allitérations et les assonances en les mettant en relation avec le sens des mots (ex. : « ces serpents qui sifflent », allitération en *s* traduisant ici le sifflement des serpents).

Relevez l'allitération dans le passage « et plusieurs claquent sur le parapet, comme des coups de fouet » (l. 70-71) et l'assonance dans le passage « des obus éclatent, percutants et fusants » (l. 78-79) ?

c. Quel est l'effet produit par l'ensemble ?

La réflexion sur la guerre

8 a. Relevez dans les propos des personnages lignes 1 à 17, et dans les réflexions du narrateur lignes 107 à 111 et 135 à 137, les passages qui montrent que la guerre ne semble pas avoir de sens.

b. Quels mots, suivis de quelle ponctuation, encadrent le paragraphe lignes 107 à 111 ? Que signifient cette reprise et cette ponctuation ?

c. Quel est le type de phrases dominant dans les lignes 135 à 137 ? Quel état d'esprit traduisent-ils ?

9 Relisez les lignes 112 à 120 : quelles inquiétudes le narrateur exprime-t-il quant à son avenir ?

Le rythme de la vie au front

Les soldats passent une période de trois à six jours au front, avec un retour dans leur cantonnement (la plupart du temps une ferme ou une grange) après la relève.

10 L'ellipse temporelle

L'ellipse temporelle consiste en un saut dans le temps : le narrateur passe sous silence une certaine période.

a. Montrez que le narrateur a effectué une ellipse temporelle entre les chapitres 5 et 6.

b. Où se retrouve-t-il ?

Les Croix de bois

11 Par quelles expressions le narrateur montre-t-il que les lieux n'ont pas changé ? Quel changement s'est pourtant opéré (l. 138 à 144) ?

12 a. Dans les lignes 145 à 153, relevez les marques de la première personne (déterminants et pronoms personnels). Sont-elles nombreuses ? Que traduisent-elles de l'état d'esprit du narrateur ?
b. Comment son plaisir de vivre se manifeste-t-il ?

13 a. Relevez le passage dans lequel le narrateur constate que l'homme qui vit des situations extrêmes peut devenir égoïste. Quel sentiment exprime-t-il en même temps ? Appuyez-vous sur le type de phrase.
b. Le narrateur se sent-il concerné par le canon qui tonne à la ligne 163 ?
c. « Le 148. Pauvres gars ! » (l. 163-164) : quel sentiment le narrateur exprime-t-il ? En quoi cette phrase annonce-t-elle une reprise de conscience ?

La mort des camarades

14 L'implicite

> Est implicite ce qui, dans un énoncé, n'est pas formellement exprimé.

a. Que signifie l'expression suivante utilisée ligne 167 : « l'ossuaire d'un bataillon » ?
b. Que dit le narrateur de façon implicite sur le sort de Vairon ?
c. Quels objets a-t-il retrouvés dans ses affaires ? Qu'étaient ces objets pour Vairon avant qu'ils ne deviennent de « pauvres bricoles » (l. 177) ? Quel semble être le sentiment du narrateur face à tous ces objets ?

La portée du passage

15 a. Montrez que le narrateur réussit à faire vivre de l'intérieur son expérience de la guerre. En quoi le temps utilisé dans l'ensemble de l'extrait contribue-t-il à cette impression ?
b. Quel passage vous a le plus touché ? Dites en quoi.

Écrire

Récrire une scène

16 Transformez le passage de la ligne 145 à la ligne 153 en mettant le texte à la troisième personne du singulier et au passé.
Comparez l'effet obtenu avec le texte original.

Écrire un récit d'imagination

17 Si vous deviez partir et que vous ne pouviez emporter, comme ces soldats, que quelques objets (une dizaine), lesquels choisiriez-vous et pourquoi?
Introduisez votre récit en évoquant rapidement les causes et la destination de votre départ. Justifiez vos choix d'objets et décrivez-les, en expliquant de façon personnelle et développée ce qu'ils représentent pour vous.

Extrait 4

« Maintenant nous savourons la moindre joie »

Pendant leurs quelques jours de repos, les soldats désœuvrés se promènent dans le village. Ils vont au café ou chez les différents marchands où ils discutent, marchandent, se disputent. Ils regardent les autres régiments monter en ligne. Jacques et ses camarades se retrouvent souvent à la ferme du moulin où ce qu'ils paient pour leur nourriture aide les fermiers à vivre. Ils se sentent bien dans cette famille.

On est chez soi, loin du danger, loin de la guerre. Les énormes rondins des gourbis craignent l'obus et s'arc-boutent ; ici, c'est un joli mur tendu de papier rose, qui nous protège. On a confiance. Mieux que par tous les parapets on
5 se sent défendu par cette lumière qui vous semble si belle après la lueur jaune et dansante des bougies, on se sent défendu par le feu qui ronfle, par la marmite qui fume, par tout cet humble bonheur – et même par cette odeur provocante d'oignons, tout pareils à de petits fruits blancs, dans
10 une assiette.

*

Un vrai dîner de famille, de ces dîners d'hiver, plus intimes, plus cordiaux que les autres, où le bonheur frileux vient se blottir près du feu.
Sommes-nous des soldats ? À peine on l'oublie. Il y a bien
15 la vareuse de Berthier, une ou deux vestes bleues, mais les autres sont en chandail, en gilet, sans rien de militaire.

Demachy s'est même fait envoyer un gros pyjama à brandebourgs de soie, ce qui l'a définitivement perdu dans l'esprit du village nègre et désigné à la malveillance tenace de Morache.

Insoucieux, solides, nos vingt-cinq ans éclatent de rire. La vie est un grand champ, devant nous, où l'on va courir.

Mourir ! Allons donc ! Lui mourra peut-être, et le voisin et encore d'autres, mais soi, on ne peut pas mourir, soi. Cela ne peut pas se perdre d'un coup, cette jeunesse, cette joie, cette force dont on déborde. On en a vu mourir dix, on en verra toucher cent, mais que son tour puisse venir, d'être un tas bleu dans les champs, on n'y croit pas. Malgré la mort qui nous suit et prend quand elle veut ceux qu'elle veut, une confiance insensée nous reste. Ce n'est pas vrai, on ne meurt pas ! Est-ce qu'on peut mourir, quand on rit sous la lampe, penchés sur le plat d'où monte un parfum vert de pimprenelle et d'échalote ?

D'ailleurs, nous ne parlons jamais de la guerre : c'est défendu pendant les repas. Il est également interdit de parler argot et de s'entretenir du service. Pour toute infraction, il faut verser deux sous d'amende à la cagnotte : c'est notre jeu de tous les jours. Ricordeau, notre nouveau sergent, y mange ses dix-huit sous de solde. Il parle prudemment, pourtant, car nous l'avons rendu méfiant, mais Sulphart trouve toujours des ruses nouvelles pour amener la conversation sur le terrain glissant, et tout à coup le mot malheureux échappe : la corvée de la veille, l'attaque du seize, le poste d'écoute...

– Deux sous ! Deux sous ! crions-nous.

Si par malheur Ricordeau veut se défendre, c'est pour mieux se perdre :

– Je ne marche pas, proteste-t-il, ne voulant pas payer l'amende.

Aussitôt, tout le monde hurle de plus belle :

– C'est de l'argot ! Deux sous de plus !...

De quoi parlons-nous ? De tout, pêle-mêle. On parle de son métier, de ses amours, de ses affaires, avec de la gaieté partout. La vie de chacun se disperse en bribes d'anecdotes et, sans vouloir mentir, on brode un peu : il y a si peu de choses dans notre passé naissant de jeunes gens !

Les moins gais n'ont jamais de souvenirs tristes à raconter ; on n'en devine dans l'existence d'aucun. Ils ont connu des deuils, pourtant, des misères. Oui, mais c'est passé... De sa vie, l'homme ne garde que les souvenirs heureux ; les autres, le temps les efface, et il n'est pas de douleur que l'oubli ne cicatrise, pas de deuil dont on ne se console.

Le passé s'embellit ; vus de loin, les êtres semblent meilleurs. Avec quel amour, quelle tendresse, on parle des femmes, des maîtresses, des fiancées ! Elles sont toutes franches, fidèles, joyeuses, et l'on croirait, à nous entendre ces soirs-là, qu'il n'y a que du bonheur dans la vie.

Parfois, quelque chose claque sur le mur, comme un coup de fouet. C'est une balle perdue.

– Entrez, crie Demachy.

Si quelqu'un parle du Fritz qui l'a tirée, toute la tablée s'agite : « Deux sous ! deux sous ! » Et l'on rit.

– Il a fallu la guerre pour nous apprendre que nous étions heureux, dit Berthier, toujours grave.

– Oui, il a fallu connaître la misère, approuve Gilbert. Avant, nous ne savions pas, nous étions des ingrats...

Maintenant, nous savourons la moindre joie, ainsi qu'un dessert dont on est privé. Le bonheur est partout : c'est le gourbi où il ne pleut pas, une soupe bien chaude, la litière de paille sale où l'on se couche, l'histoire drôle qu'un copain raconte, une nuit sans corvée... Le bonheur ? mais cela tient dans les deux pages d'une lettre de chez soi, dans un fond de quart de rhum. Pareil aux enfants pauvres, qui se construisent des palais avec des bouts de planche, le soldat fait du bonheur avec tout ce qui traîne.

Un pavé, rien qu'un pavé, où se poser dans un ruisseau de boue, c'est encore du bonheur. Mais il faut avoir traversé la boue, pour le savoir.

J'essaie de pénétrer l'avenir, de voir plus loin que la guerre, dans ce lointain brumeux et doré comme une aube d'été. Irons-nous jusque-là ? Et que nous donnera-t-il ? Serons-nous jamais lavés de cette longue souffrance ; oublierons-nous jamais cette misère, cette fange, ce sang, cet esclavage ? Oh ! oui, j'en suis certain, nous oublierons, et il ne restera rien dans notre mémoire, que quelques images de bataille, que la peur n'enlaidira plus, quelques blagues, quelques soirées comme celle-ci. Et je leur dis :

– Vous verrez... Des années passeront. Puis nous nous retrouverons un jour, nous parlerons des copains, des tranchées, des attaques, de nos misères et de nos rigolades, et nous dirons en riant : « C'était le bon temps... »

Alors ils protestent tous, même Berthier, bruyamment :

– Hou ! Assez !

– Si tu t'y plais, rempile.

– Le bon temps, les relèves dans la boue ! tu vas fort.

– Et la corvée de tôle ondulée, la nuit où il pleuvait, tu l'as oubliée ? Tu gueulais pourtant assez.

– Est-ce que c'était le bon temps, le seize à midi moins deux ?

Je ris, heureux de les entendre crier :

– Vous verrez !

La mère Monpoix, qui s'amuse autant que nous, tournant le coin de son tablier bleu, m'approuve dans le brouhaha !

– Certainement, vous regretterez la ferme.

– On y reviendra, la maman !

Bourland s'est levé pour aller prendre son violon. Il l'a fabriqué lui-même avec une boîte à cigares et des cordes qu'il a fait venir de Paris et c'est à ce joujou, à cet instrument de cirque, que nous devons nos meilleures soirées.

Il l'accorde – deux plaintes – et aussitôt on se tait. Musique, notre amie à tous.

C'est l'*adagio* de la *Pathétique* qu'il joue. Tout s'apaise... Musique ardente et tendre comme nos cœurs. Y a-t-il rien de pathétique dans ce long frisson ? Non... C'est comme un beau rêve déchirant. Et puis, qu'importe ce qu'il joue... La *Mort d'Aase*, un *aria* de Bach, je ne sais plus. La pensée ne suit pas. Autant de trames ténues où brodent nos songes.

Nous écoutons, l'esprit et les regards en allés. Voici les voix chères d'autrefois qui reviennent. Qu'elles sont douces, entendues de si loin ! On rêve. C'est un dimanche chez Colonne, l'atelier où le piano égrenait les gouttes du *Jardin sous la pluie*, la mélodie que chantait une amie...

Berthier, la bouche un peu déclose et les mains jointes, écoute comme on prie. De Gilbert, je ne vois rien, que son front droit d'enfant têtu au-dessus des doigts mêlés qui cachent ses yeux. Sulphart a pris un air sérieux, les traits tendus, comme s'il fallait comprendre. Puis, je ferme les paupières pour ne plus rien voir.

N'être plus rien qu'une âme charmée et qui s'endort. Tout s'abolit. Loin, la guerre... Loin, le présent... Les jurons, les râles, le canon, tous les bruits de notre pauvre vie de bêtes, cela ne pouvait pas endurcir notre âme et flétrir sa tendresse infinie. Elle renaît, jardin d'août sous l'ondée. Et dix soldats, ce n'est plus qu'un même cœur qu'on berce, dix soldats.

Extraits du chapitre 6, « Le moulin sans ailes ».

Questions

Extrait 4

Repérer et analyser

Le narrateur, le cadre et les personnages

1 À quelle personne (précisez du singulier ou du pluriel) le récit est-il mené de façon dominante dans ce passage ? Pour quelle raison ?

2 Dans quel lieu et dans quel cadre le narrateur et ses compagnons se trouvent-ils ? Qui sont les différents personnages présents ?

3 Repérez les dialogues. Qui parle ? Pourquoi le narrateur a-t-il choisi d'insérer des dialogues pour rapporter les paroles des personnages ?

4 Caractérisez les principaux personnages en vous appuyant sur leurs propos et leurs comportements.

Les motifs du récit de guerre

Les moments de bonheur

5 a. Combien de fois apparaît le mot « bonheur » (l. 1 à 87) ?
b. Par quel adjectif le narrateur le qualifie-t-il dans le premier paragraphe ?
c. Pourquoi le qualifie-t-il ensuite de « bonheur frileux » (l. 12) ?

6 a. Quelles métaphores et comparaisons trouve-t-il pour le définir (l. 77 à 88) ?
b. Quels sont les différents aspects de ce bonheur ? Montrez qu'il est « partout » comme le dit le narrateur ligne 78.
c. Quelle idée le narrateur exprime-t-il dans ce passage : « Un pavé, rien qu'un pavé, où se poser dans un ruisseau de boue, c'est encore du bonheur. Mais il faut avoir traversé la boue, pour le savoir » (l. 86 à 88) ?

Le sentiment d'immortalité

7 Relisez les lignes 21 à 23. Quel est le verbe qui provoque l'émergence du verbe « mourir » ? Quel est le lien entre ces deux verbes ? De quelle métaphore ce verbe fait-il partie ?

8 a. Combien de fois le verbe « mourir » apparaît-il (l. 21 à 33) ?

126 Les Croix de bois

b. Par quelles expressions le narrateur met-il en valeur l'impossibilité de mourir pour ces jeunes soldats ? Pourquoi se croient-ils immortels ?
c. Relevez la conjonction répétée et la préposition à valeur d'opposition qui renforce le sentiment d'immortalité.
d. Quel adjectif montre que ce sentiment est irrationnel ?

9 Comment comprenez-vous l'expression « nos vingt-cinq ans éclatent de rire » (l. 21) ? Identifiez la figure de style.

L'embellissement du passé et de la vie

10 a. Quels sont les sujets de conversation interdits aux soldats ? Quels sujets leur restent-ils ?
b. Relevez les rythmes ternaires (à trois temps) qui montrent à quel point leurs conversations sont enthousiastes et animées : trois compléments d'objet indirect du verbe « parler » (l. 52 et 67) et trois adjectifs attributs du sujet « Elles ».

11 Quel tri l'homme fait-il de ses souvenirs ? Pourquoi ne se souvient-il que des moments heureux ? Donnez les raisons évoquées par le narrateur.

L'avenir

12 a. Par quelle métaphore le narrateur évoque-t-il l'avenir lignes 89-90 ? Quelle vision cette métaphore suggère-t-elle ?
b. Quelles questions se pose-t-il ? Quelle réponse leur donne-t-il ?

La musique (l. 116 à 144)

13 Comment le narrateur désigne-t-il l'instrument fabriqué par Bourland ? Quel contraste notez-vous entre la simplicité de l'instrument et l'effet obtenu ?

14 Quelles émotions contrastées la musique provoque-t-elle ? Quels sont ses pouvoirs sur les personnages ? Quelles sont leurs attitudes lorsqu'ils écoutent cette musique ?

15 a. Par le biais de quel sens le narrateur glisse-t-il vers l'évocation de la guerre ? Appuyez-vous sur le lexique. En ressent-il les effets à ce moment ?
b. Relevez la métaphore qui met en valeur la magie opérée par la musique sur l'âme.

Extrait 4 127

La portée du passage

16 Que ressent le lecteur à la lecture de ce passage ? Les effets de la guerre semblent-ils niés ?

Écrire

Argumenter

17 Quelle musique aimez-vous et écoutez-vous ? À quelles occasions en écoutez-vous et pourquoi ? Quels sentiments provoque-t-elle en vous ? Pensez-vous que ces sentiments soient différents selon le genre de musique qu'on écoute ?

18 D'après l'extrait que vous venez de lire, le bonheur se trouve dans les petites choses. Qu'en pensez-vous ? A-t-on besoin de vivre des événements extraordinaires pour être heureux ? Quelle est votre conception du bonheur ?

Enquêter

La *Pathétique*
19 Faites des recherches sur le compositeur de la *Pathétique*.

Extrait 5

« Notre-Dame des Biffins[1]... »

Le temps s'écoule entre six jours de tranchées et six jours de repos, que les camarades passent le plus souvent à la ferme du moulin sans ailes, ou dans le village voisin. Déjà, de nombreux camarades sont morts. La nature alentour est totalement déformée, éventrée par les obus qui tombent sans arrêt. Une colline stratégique, surnommée le Calvaire par les soldats français, est gardée tour à tour par diverses patrouilles, se relayant l'une l'autre. Tous les soldats redoutent d'y être envoyés. Pourtant, un jour, c'est à leur tour d'aller. Dans l'abri se trouvant au sommet du Calvaire, les soldats entendent des bruits sourds et répétés, qui deviennent de plus en plus forts. Ils comprennent que les Allemands sont en train de creuser un trou pour y glisser une mine et faire sauter la colline. Leur escouade est obligée de rester là pendant trois jours, à l'écoute du bruit de pioche et du silence angoissant qui le suit : « et si les Allemands étaient en train de bourrer la mine » ?

Enfin, au bout de trois jours, une autre escouade de dix hommes remplace la leur... Ils savent qu'ils ne s'en sortiront pas. En effet, une fois arrivés en bas du Calvaire, ils entendent une explosion : la mine a sauté.

De l'église, on n'a gardé que ce coin d'autel : la chapelle de la Vierge, et six rangs de prie-Dieu[2]. Tout le reste a été transformé en ambulance et, de l'autre côté d'une cloison en planches, qui nous sépare de la nef, on entend les blessés
5 gémir.

---

1. Nom masculin, de biffe, « étoffe rayée ». Signifie « chiffonnier ».

2. Petite chaise basse sur laquelle on s'agenouille.

Blessés dans une église bombardée de la Meuse, en 1918.

Deux cents hommes s'écrasent pour entendre la messe. Les autres se tiennent sous le porche et jusque dans le cimetière, où ils écoutent les cantiques[3] en bavardant, assis sur des coins de tombe.

Les uns arrivent de la tranchée, boueux, le teint gris, les mains terreuses ; d'autres, au contraire, sont tout rouges encore de la toilette à la pompe. On se bouscule, on s'entasse, capotes sales et vareuses d'officiers. Quelques femmes, toutes en deuil, quelques filles, qu'on lorgne en se bourrant du coude, et, à la place d'honneur, un paysan rasé, cinquante ans, très digne dans ses habits noirs du dimanche.

| **3.** Chants religieux.

À chaque génuflexion du prêtre, on aperçoit sous la soutane ses molletières bleues : c'est un brancardier de chez nous qui officie. Sur l'unique marche de pierre, quatre soldats barbus égrènent leur chapelet[4] : des prêtres encore. Le vent agite mollement des linges blancs, qui cachent les vitraux brisés.

Pas un chandelier sur l'autel ; le tabernacle[5] même a été enlevé. Il ne reste plus que la Vierge en robe bleue piquée d'étoiles, un bouquet de pâquerettes à ses pieds. Notre-Dame des Biffins…

Elle étend ses deux mains, deux petites mains roses de plâtre peint, deux mains toutes puissantes qui sauvent qui la prie. Ils ne croient pas tous, ces soldats désœuvrés, mais tous croient à ses mains, ils veulent y croire, aveuglément, pour se sentir défendus, protégés ; ils veulent la prier comme on se serre contre un plus fort, la prier pour n'avoir plus peur et garder, ainsi qu'un talisman, le souvenir de ses deux mains.

Quelques-uns sont venus vraiment pour prier. Les autres, dont la foule déborde dans le cimetière, attendent le défilé des filles : la messe, c'est un spectacle de soldats.

Cette veille d'attaque, ils sont venus plus nombreux encore que les autres dimanches. Ils chantent. Leurs voix mâles conservent dans la prière un rude accent de vie brutale ; ils chantent sans retenue, à pleine gorge, comme dans une salle de débit, et le cantique, par instants, étouffe le canon :

Sauvez, sauvez la France
Au nom du Sacré-Cœur…

Ils chantent cela sans penser aux mots, ingénument, comme des enfants de chœur qui s'égosillent ; et combien

---

4. Objet de dévotion formé de grains enfilés que l'on fait glisser entre ses doigts en récitant des prières.

5. Petite armoire contenant les hosties dans les églises catholiques.

sommes-nous, les yeux fermés, le front dans les mains, que ce cantique émeut à nous serrer la gorge !

Sauvez, sauvez la France…

C'est comme un cri profond qui monte de ces orgues humaines. De l'autre côté de la cloison, un blessé crie : « Non ! Vous me faites mal… Pas comme ça ! » On devine la main pressée arrachant le pansement boueux. Ce sont ces plaintes, ces cris rauques qui font au prêtre les réponses.

Puis, la clochette tinte, toutes les têtes s'inclinent. On dirait que la prière les courbe tous, sous son coup de vent. Nous nous tenons, coude à coude, serrés comme dans une sape d'attaque. Le canon rage et tonne, sonnant ainsi l'Élévation[6], mais on ne l'entend plus, ni le râle des blessés… Il n'y a plus rien, dans cette église, que deux bras de soldat élevant le ciboire[7] vers la Vierge aux bonnes mains.

La cloche tinte… Qu'implorons-nous de vous, sinon l'espoir, Notre-Dame des Biffins !

Nous acceptons tout : les relèves sous la pluie, les nuits dans la boue, les jours sans pain, la fatigue surhumaine qui nous fait plus brutes que les bêtes ; nous acceptons toutes les souffrances, mais laissez-nous vivre, rien que cela : vivre… Ou seulement le croire jusqu'au bout, espérer toujours, espérer quand même. Maintenant et à l'heure de notre mort, ainsi soit-il…[8]

Extraits du chapitre 10, « Notre-Dame des Biffins ».

---

6. Moment de la messe où le prêtre élève le pain et le vin.
7. Coupe contenant les hosties.
8. Les dernières lignes de l'extrait font allusion à la dernière phrase du « Je vous Salue Marie », prière chrétienne à la Vierge.

Questions

Repérer et analyser

L'église et les personnages

1 a. Décrivez l'église : qu'en reste-t-il ? Dans quel état les vitraux sont-ils ?
b. En quoi l'autre partie du bâtiment est-elle transformée ?
2 Relevez les termes qui décrivent la Vierge. Pourquoi le narrateur l'appelle-t-il « la Vierge aux bonnes mains » (l. 60) et « Notre-Dame des Biffins » (l. 25-26) ?
3 a. Qui sont les différents personnages qui assistent à cette messe ?
b. Pourquoi sont-ils si nombreux en ce dimanche ? Par quelles expressions le narrateur met-il en valeur la foule de ce dimanche-là ? Tous ces gens viennent-ils pour les mêmes raisons ?
4 a. Tous les soldats ont-ils la foi ?
b. Pour quelles raisons veulent-ils croire aux « mains » de la Vierge ? Que signifie le mot « talisman » (l. 33) ?

Le chant

5 a. De quelle manière chantent les soldats (l. 37 à 50) ? Appuyez-vous pour répondre sur deux groupes nominaux et sur un adverbe complément circonstanciel de manière.
b. Que signifie cet adverbe ? Que révèle-t-il sur l'état d'esprit de ceux qui chantent ?
c. Que ressent le narrateur en les entendant chanter ?

La guerre et l'église

6 Relevez les éléments qui rappellent que la guerre fait rage :
– description des soldats lignes 1 à 22 ;
– différents bruits que l'on peut entendre durant cette messe.
7 a. Relevez lignes 1 à 5, 17 à 22 et 49 à 53 les expressions qui annoncent la fusion totale des deux mondes opposés de la guerre et de l'église.

b. Relevez trois expressions lignes 54 à 60 qui montrent la réalisation de cette fusion.
c. À quelle dernière vision cette fusion aboutit-elle (l. 60) ?

La prière

8 a. Quelle prière les soldats font-ils à la Vierge ? Que lui demandent-ils ?
b. Relevez les deux adverbes qui accompagnent le verbe « espérer » (l. 67-68). Qu'expriment-ils ?
c. Comment comprenez-vous la restriction « rien que cela » (l. 66) ?
9 À partir de quel moment le narrateur semble-t-il prier lui-même ?

La portée du passage

10 Que révèlent les manifestations de piété chez les soldats en cette veille de bataille :
– sur l'importance de la religion dans la France en guerre ?
– sur l'être humain et ses aspirations les plus profondes ?

Écrire

Argumenter
11 Pensez-vous que la religion soit une aide en cas de difficultés majeures ?

Enquêter et voir

« La trêve de Noël »
12 Faites des recherches sur ce qui s'est passé à Noël 1914 entre les Allemands et les Français.
13 Sur ce sujet, vous pouvez également voir le film *Joyeux Noël* de Christian Carion, sorti en novembre 2005.

Extrait 6

« Tous dans le boyau!... Sans regarder, on y sauta. »

Le soir, avant de repartir au front, les soldats pensent à leur maison, à leur fiancée, à leur femme... Certains disent des poèmes, d'autres chantent: « Les esprits sont loin ».

Les régiments d'attaque montent en ligne sous les obus et les « schrapnells ». Hébétés, ils enjambent des corps blessés ou morts.

Refoulés dans leur tranchée par l'artillerie allemande, leurs chefs les obligent à ressortir plusieurs fois de suite. Enfin, après plusieurs assauts, le village est pris...

Des murs écroulés, des façades béantes, des tas de tuiles et de moellons, des toits tombés tout d'une pièce, des jambes raides surgissant des décombres... La rue, on la devinait à des rails tordus, parfois visibles sous les gravats. On courait
5 de ruine en ruine, s'accotant aux pans de mur, tiraillant devant soi, criblant de grenades des caves vides. On criait...
Le canon tonnait moins fort, mais, par les soupiraux, des mitrailleuses fauchaient le village. Des hommes s'effondraient, pliés en deux, comme emportés par le poids de leur
10 tête. D'autres tournoyaient, les bras en croix, et tombaient face au ciel, les jambes repliées. On les remarquait à peine: on courait.

Quelqu'un, blanc de plâtre, cria à Gilbert:
– Lambert est tué!
15 Autour d'un puits, des hommes se battaient à coups de crosse, à coups de poing, ou au couteau: une rixe dans la bataille. Vieublé, d'un coup de tête, culbuta un Allemand par-dessus la margelle, et l'on vit sauter le calot, un calot gris

à bande rouge. Tout cela s'inscrivait dans la pensée en traits précis, brutalement, sans émouvoir : cris d'hommes qu'on tue, détonations, aboiements de grenades, camarades qui s'écroulent. Sans connaître de direction, l'un suivant l'autre, on chargeait, droit devant soi...

Aplatis derrière un mur, des traînards se cachaient : « Avec nous, salauds ! » leur cria Gilbert.

Quelques Boches passèrent en courant, déséquipés, les mains hautes, filant vers nos lignes. Assis à l'entrée d'une cave, un autre épongeait, avec un mouchoir sale, le sang qui lui coulait du front ; de la main gauche, il nous fit bonjour.

Malgré le crépitement, on entendait le long halètement des marmites[1] qui s'abattaient au milieu du village, arrachant un nuage épais de poussière et de fumée, et, le dos bossu, on se jetait contre les murs.

Dans la poussière et les plâtras, nous avions pris la teinte neutre de ces choses anéanties. Rien de vivant, de façonné ; des débris pilonnés, un chantier de catastrophe où tout se confondait : les cadavres émergeant des décombres, les pierres broyées, les lambeaux d'étoffes, les débris de meubles, les sacs de soldats, tout cela semblable, anéanti, les morts pas plus tragiques que les cailloux.

Épuisés, haletants, nous ne courions plus. Une route coupait les ruines et une mitrailleuse invisible la criblait, soulevant un petit nuage à ras de terre. « Tous dans le boyau ! » cria un adjudant.

Sans regarder, on y sauta. En touchant du pied ce fond mou, un dégoût surhumain me rejeta en arrière, épouvanté. C'était un entassement infâme, une exhumation monstrueuse de Bavarois cireux sur d'autres déjà noirs, dont les bouches tordues exhalaient une haleine pourrie : tout un

---

| **1.** Argot militaire, obus de gros calibre.

amas de chairs déchiquetées, avec des cadavres qu'on eût dit dévissés, les pieds et les genoux complètement retournés, et, pour les veiller tous, un seul mort resté debout, adossé à la paroi, étayé par un monstre sans tête. Le premier de notre file n'osait pas avancer sur ce charnier : on éprouvait comme une crainte religieuse à marcher sur ces cadavres, à écraser du pied ces figures d'hommes. Pourtant, chassés par la mitrailleuse, les derniers sautaient quand même, et la fosse commune parut déborder.

– Avancez, nom de Dieu !...

On hésitait encore à fouler ce dallage qui s'enfonçait, puis, poussés par les autres, on avança sans regarder, pataugeant dans la Mort... Par un caprice démoniaque, elle n'avait épargné que les choses : sur dix mètres de boyau, intacts dans leurs petites niches, des casques à pointe étaient rangés, habillés d'un manchon de toile. Des camarades s'en emparèrent. D'autres décrochaient des musettes, des bidons.

– Vise la belle paire de pompes ! beugla Sulphart, agitant deux bottes jaunes.

[...]

Dans la fumée, des blessés se sauvaient. Fouillard était couché devant moi, la tête dans une flaque rouge, et son dos s'agitait convulsivement comme s'il avait sangloté. C'était son sang qu'il pleurait.

Un souffle encore piqua sur nous... Je m'étais ramassé, la tête dans les genoux, le corps en boule, les dents serrées. Le visage contracté, les yeux plissés à être mi-clos, j'attendais... Les obus se suivaient, précipités, mais on ne les entendait pas : c'était trop près, c'était trop fort. À chaque coup, le cœur décroché fait un bond ; la tête, les entrailles tout saute. On se voudrait petit, plus petit encore, chaque partie de soi-même effraie, les membres se rétractent, la tête bourdonnante et vide veut s'enfoncer, on a peur enfin, atrocement peur… Sous cette mort tonnante, on n'est plus qu'un tas qui tremble, une oreille qui guette, un cœur qui craint…

Entre chaque salve, dix secondes s'écoulaient, dix secondes à vivre, dix secondes immenses où tient tout le bonheur, et je regardais Fouillard, qui maintenant ne bougeait plus. Couché sur le côté, le visage violacé, il avait le cou béant égorgé comme on égorge les bêtes.

La puante fumée masquait le chemin, mais on ne voulait rien voir : on écoutait, effaré. Piochant autour de nous, les obus nous giflaient de pierraille et nous restions tassés dans notre ornière, deux vivants et un mort.

Brusquement, sans raison, le feu cessa. De gros obus tombaient encore sur les ruines, soulevant des geysers noirs, mais c'était plus loin, c'était pour d'autres. Dans nos têtes ébranlées, cet instant de paix fut auguste. Je me retournai et, au pied du talus, je vis Berthier penché sur un corps étendu. Qui ?

Tout le long du chemin, les camarades se redressaient : « Les grenadiers ! » appelait une voix.

Puis, venant de la droite, un ordre parvint, crié de trou en trou :

– Le colonel demande qui commande à gauche… Faites passer…

– Faites passer… Le colonel demande qui commande à gauche.

Je vis Berthier reposer doucement sur l'herbe la tête du mort. Il se releva, livide, et il cria :

– Sous-lieutenant Berthier, de la troisième… Faites passer…

*

Le tirant par sa capote, Gilbert traîna le cadavre jusqu'au bord du large entonnoir où nous nous étions jetés. Depuis longtemps, les morts ne lui faisaient plus peur. Pourtant, il n'osa pas le prendre par la main, sa pauvre main crispée, jaune et boueuse, et il évita le regard éteint de ses yeux blancs.

– Il en faudrait encore trois, quatre comme ça, fit Lemoine. Ça nous ferait un bon parapet, avec un peu de terre dessus.

Il y a un instant, le pauvre gars courait avec nous, les yeux rivés, fixes d'angoisse, sur la tranchée allemande d'où jaillissaient les flammes courtes et droites des mausers. Puis, des rafales d'obus avaient troué la compagnie, les mitrailleuses avaient fauché des rangées d'hommes, et, de la masse frémissante qui chargeait, tragique, silencieuse, il ne restait que ces vingt hommes blottis, ces blessés qui se traînaient, geignant, et tous ces morts…

Gilbert, entre deux explosions, avait entendu le camarade s'écrier : « Ah ! c'est fini ! » Le blessé s'était encore traîné quelques mètres, comme une bête écrasée, et il était mort, là, dans un sanglot. Était-ce triste ? À peine… Dans ce champ pauvre aux airs de terrain vague, cela faisait un cadavre de plus, un autre dormeur bleu qu'on enterrerait après l'attaque, si l'on pouvait. À quelques pas, sous un tertre crayeux, des Allemands étaient enfouis : leur croix servirait pour les nôtres, un calot gris sur une branche, un calot bleu sur l'autre.

Extraits du chapitre 11, « Victoire ».

Questions

Extrait 6

Repérer et analyser

Les motifs du roman de guerre

L'enfer de la guerre

1 a. Relevez le lexique des armes, de la violence, du bruit, de la destruction.
b. Relevez deux passages dans lesquels le narrateur mêle, dans la même description, les êtres humains et les objets. Identifiez la forme des phrases utilisées dans ces passages. Quel est l'effet produit ?

2 a. Donnez l'étymologie et le sens des mots « catastrophe » (l. 36) et « anéanti » (l. 35 et 39).
b. Relevez les expressions montrant que le monde qui entoure les soldats est détruit et devenu méconnaissable.

3 Quelle est la réaction des soldats devant la chute, les blessures ou la mort de leurs camarades (l. 11-12) ? À quoi les morts sont-ils comparés (l. 40) ?

La mort et les cadavres (l. 41 à 68)

Le motif des corps déchiquetés est régulièrement présent dans les récits de guerre.

4 a. Dans quel lieu les soldats se précipitent-ils et pourquoi ?
b. Que trouvent-ils en ce lieu ? Relevez trois adjectifs montrant que le spectacle que découvrent les soldats dépasse l'humain. Quels sont les détails qui dépeignent la réalité crue ?
c. Pourquoi y a-t-il une majuscule à « Mort » (l. 62) ?
d. Quels sont les sentiments des soldats face à ce spectacle ?

La mort d'un camarade

5 a. D'où vient le pathétique de la mort de Fouillard (l. 70 à 73) et de celle de l'autre camarade (l. 127 à 136) ?
b. Quel est le sens de l'expression « c'était son sang qu'il pleurait » (l. 72-73) ? Quelle est la figure de style utilisée ?

6 a. Le narrateur utilise deux fois la même comparaison pour parler de ses camarades morts (l. 85 à 89 et 127 à 136) : laquelle ?

Les Croix de bois

b. Relevez les termes qu'il utilise pour décrire les deux cadavres (l. 86 à 89 et 111 à 116). Quel est l'effet produit ?

7 Quelle est l'attitude de Berthier envers le camarade mort ? Quel est le sens de sa réponse au colonel (l. 110) ?

La peur (l. 74 à 110)

8 a. Comment les soldats réagissent-ils dans leur corps à chaque coup d'obus ?

b. Quelles sont les manifestations physiques de la peur des hommes (l. 74 à 84) ?

c. Relevez la gradation, l'anaphore et identifiez le rythme des lignes 85-86. Quel est l'effet produit ? À quoi se réduit le bonheur pour ces soldats ?

L'instinct de conservation

> L'instinct de conservation et de vie l'emporte sur l'horreur de la mort.

9 Malgré leur dégoût, que font les soldats français dans le boyau (l. 65 à 68) ?

10 « C'était plus loin, c'était pour d'autres » (l. 96) : quel est l'état d'esprit des soldats ?

11 À quoi servent les morts pour Lemoine ? Par quel pronom les désigne-t-il ?

La fraternité entre les hommes

12 a. Quel geste fait le soldat allemand assis aux soldats français (l. 26 à 29) ? Quelle est la signification de ce geste ? Est-ce une attitude d'ennemi face à un autre ennemi ?

b. À la fin de l'extrait, quelle phrase montre que les ennemis sont unis dans la mort ?

La portée du passage

13 a. Quels sont les différents visages de la guerre évoqués dans cet extrait ?

b. Quelle est la portée de la dernière phrase de l'extrait ?

Extrait 6

Enquêter

Les victimes de la Première Guerre mondiale

14 Cherchez, pour les plus grandes batailles de la guerre (la Marne, la Somme, l'Argonne, Verdun…), combien de morts il y a eu de chaque côté. Cherchez également le nombre global de victimes de la guerre de 1914 en Europe. Vous comprendrez que ces chiffres justifient l'expression « le suicide de l'Europe ».

« Debout, les Morts ! », cri lancé par le lieutenant Péricart aux soldats blessés alors que les Allemands s'avancent vers leur tranchée. D'après un dessin de Job, vers 1918-1920.

Extrait 7
« La boue venait à mi-jambes »

Un peu plus tard, le régiment doit rester dix jours de suite dans les tranchées, sans répit.

La compagnie du narrateur et de Gilbert est décimée, il ne reste plus qu'une trentaine d'hommes, transportés à l'arrière en camions. Des femmes pleurent en voyant l'état dans lequel ils se trouvent.

Quelques jours après, alors qu'ils sont embusqués dans un cimetière, le chef de leur escouade, Bréval, meurt dans les bras de Gilbert son ami.

Au moment de la distribution du courrier, Gilbert reçoit une lettre qu'il attendait depuis longtemps. Il ne la lit pas tout de suite…

La boue venait à mi-jambes, dans le boyau. L'eau coulait de partout, de la paroi gluante et de la nuit. Ils pataugeaient dans ce ruisseau de glu noire, et, pour ne pas s'embourber, il fallait poser le pied dans l'empreinte des autres, marcher de
5 trou en trou. On n'entendait que le clapotis des pieds arrachés à la vase et les grognements des hommes qui devaient marcher de biais, à cause de leur charge. La paroi molle collait aux coudes et des paquets de boue tombaient dans les seaux de vin ou de rata en faisant « floc ! »
10 Plus on avançait, plus le ruisseau de fange était profond. Les pieds hésitants cherchaient un coin solide où se poser ; puis un faux pas, et l'homme glissait jusqu'aux genoux dans un puisard d'écoulement. Alors, ne pouvant pas se mouiller plus, il lançait un « m…! » résolu, et repartait tout droit,

s'enfonçant délibérément dans la vase. Des blagues à présent se mêlaient aux jurons.

– Moi, je vais demander au colonel de faire venir ma femme.

– Eh! t'as lu, à Paris, ils ne trouvent pas de voitures en sortant du théâtre.

– T'en fais pas, le baromètre est au beau.

Chaque pas était un effort, la boue aspirant les lourds godillots, et, malgré la pluie, il fallait s'arrêter pour faire la pause. Le dos bossu, les mains au chaud dans les poches, les hommes soufflaient. Les prévoyants n'oubliaient jamais leur quart; il passait de main en main et chacun puisait un coup de vin dans le seau de toile, ou bien, à la régalade, ils buvaient au bidon un peu de café chaud.

Les tranchées ne tiraillaient pas, engourdies sous la pluie. Pas un obus. On n'entendait rien, que le sourd effort de la corvée. De loin en loin, la troupe fatiguée se jetait dans une autre, venant en sens inverse, ou dans une relève. Les deux files luttaient front à front, têtues, ne voulant pas céder le pas. Un officier au capuchon baissé lançait des ordres que personne n'écoutait. De bande à bande, des injures se croisaient:

– Allez-vous reculer!... Tu parles de c... Nous sommes chargés.

– On ne peut pas. Y a des brancardiers derrière.

Une fusée blafarde, dont la lumière se diluait dans la pluie, démasquait un instant une corvée chargée d'outils. Puis tout cela se mêlait. Incrustés dans la paroi, les jambes et le dos dans la boue, les hommes se croisaient, dans un brouhaha de jurons. On repartait, des grognements à l'arrière.

– Pas si vite, en tête!... Faites passer, ça ne suit pas...

Au prochain tournant, la colonne aveugle s'arrêtait brusquement devant un nouvel obstacle. Seuls les premiers savaient, les autres ne voyaient rien que la file des dos voûtés qui se perdait dans le noir. Les mains glacées posaient leur charge.

– Eh bien quoi ? On repart ?

De l'avant, l'ordre revenait :

– Laissez passer, un blessé.

Le fossé de fange étant à peine assez large pour un brancard, il allait donner le passage aux porteurs. La queue de la corvée refluait dans un gras clapotis de boue agitée, jusqu'à la dernière parallèle. Des hommes, à quatre pattes, s'enfonçaient dans des niches et ceux qui n'avaient pas de trous où se tapir, ayant posé leur pain ou leurs bouteillons sur le bord du boyau, se hissaient dehors en s'agrippant au parapet gluant dont la terre cédait sous les paumes.

Des exclamations s'entendaient :

– Mon vin qu'est foutu par terre !

Agenouillés sur le bord du talus, les hommes regardaient passer le blessé, quelque chose de rigide sous la couverture brune, les lourds godillots dépassant. La face blême, les yeux immenses, les lèvres serrées. Il ne parlait pas ; rien qu'un gémissement rauque, quand les porteurs heurtaient son brancard. Il ne semblait voir personne. Comme s'il regardait en lui-même la vie s'enfuir. Sa main pendant, comme une chose morte.

Écrasés sous la charge, les brancardiers ahanaient patinant dans la boue, et comme se rapprochait le sourd bourdonnement d'une autre corvée, celui de tête prévenait d'une voix épuisée :

– Laissez passer... Un blessé.

Extraits du chapitre 14, « Mots d'amour ».

Extrait 7

François Flameng (1865-1923), *Soldat de l'infanterie dans une tranchée*, Notre-Dame de Lorette, 1915. Aquarelle sur papier, Paris, musée de l'armée.

Questions

Repérer et analyser

La narration

1 Dans cet extrait de roman à la première personne, le pronom « je » apparaît-il ? Quel pronom permet de comprendre que le narrateur participe à cette corvée dans la boue ?

2 À quel temps le narrateur mène-t-il le récit ? Quelle est la valeur dominante de ce temps dans ce passage ?

3 a. Relevez les passages au style direct. Le narrateur précise-t-il qui parle ?
b. Identifiez le niveau de langage. Quel est l'effet produit par la présence de ces paroles ?

Le cadre et les circonstances

4 a. Dans quel lieu les hommes se trouvent-ils ? Relevez quelques détails permettant de caractériser la configuration du lieu.
b. Quel est le moment de la journée ?

Les motifs du roman de guerre

La boue

5 Relevez dans les lignes 1 à 16 :
– le champ lexical de la boue et de l'humidité ;
– l'onomatopée ; quel son reproduit-elle ?

6 Relisez la deuxième phrase.

a. Quel adverbe met en valeur l'omniprésence de l'eau ?

b. Le zeugma

> Le narrateur emploie une figure de style qui consiste à coordonner deux mots appartenant à des domaines différents : l'un concret, l'autre abstrait. On appelle cette figure de style un « zeugma », du grec « zeugma », qui signifie « attelage, joug ».

Relevez le zeugma. Quelle idée renforce-t-il ?

7 Relevez dans l'ensemble de l'extrait les parties du corps qui sont en contact avec la boue. Quel est l'effet produit ?

Extrait 7 147

8 **a.** Quels sont les deux sens les plus sollicités dans tout l'extrait ? Justifiez votre réponse.
b. Quel type de perception fait défaut aux hommes ? Relevez les expressions qui le montrent.
c. Identifiez la figure de style (l. 40) : quelle idée suggère-t-elle ?

La marche des hommes

9 Relevez les expressions qui évoquent la difficulté de marcher dans la boue (l. 1 à 28).

10 Quels autres hommes les soldats croisent-ils ? Quelles autres difficultés se présentent lors de la rencontre entre les deux colonnes ? Justifiez votre réponse.

11 Relevez les expressions assimilant les hommes à des animaux (l. 54 à 61).

12 Dans leur misère, les soldats trouvent des échappatoires à leur condition (l. 17 à 28).
a. Quel est le seul adjectif, répété deux fois, qui s'oppose à cet univers mouillé ?
b. À quels mots « jurons » (l. 16) et « effort » (l. 22) s'opposent-ils ?
c. Les prévoyants emportent leur quart (timbale, gobelet en fer blanc). Le gardent-ils pour eux ? De quel sentiment font-ils preuve alors ?

La description du blessé (l. 64 à la fin)

13 **a.** Relevez l'expression mise en apposition au mot « blessé » (l. 65).
b. Identifiez la classe grammaticale du mot « quelque chose ». Par quel terme ce mot est-il repris à la fin de la description (l. 71) ? Renforcé par quel adjectif ?
c. À partir de vos réponses, dites comment le blessé apparaît aux soldats qui le regardent passer.
d. Le blessé lui-même a-t-il l'espoir de survivre ? Citez le texte.

La portée du passage

14 En quoi ce passage permet-il de se faire une idée de l'horreur quotidienne que vivaient les soldats dans les tranchées ?

Extrait 8
« Et c'est fini… »

La fiancée de Gilbert lui a écrit une courte lettre, entre deux promenades avec un jeune homme qu'elle a rencontré en vacances dans le Midi…

Le lendemain, alors que le régiment est en marche, des obus pleins de gaz éclatent autour des soldats.

Et les jours se suivent, entre attaques, morts de camarades et repos.

Un jour, Gilbert est blessé au ventre. Il est seul et soigne sa plaie tout seul. Il essaie de ne pas s'engourdir pour ne pas mourir. Il se met même à chanter mais petit à petit, son chant s'éteint et deux larmes roulent de ses yeux, se mêlant à la pluie. Il est mort. Sulphard et Jacques sont les seuls survivants de leur escouade.

Et c'est fini…

Voici la feuille blanche sur la table, et la lampe tranquille, et les livres… Aurait-on jamais cru les revoir, lorsqu'on était là-bas, si loin de sa maison perdue ?

5   On parlait de sa vie comme d'une chose morte, la certitude de ne plus revenir nous en séparait comme une mer sans limites, et l'espoir même semblait s'apetisser, bornant tout son désir à vivre jusqu'à la relève. Il y avait trop d'obus, trop de morts, trop de croix ; tôt ou tard notre tour devait venir.

10   Et pourtant c'est fini…

La vie va reprendre son cours heureux. Les souvenirs atroces qui nous tourmentent encore s'apaiseront, on oubliera, et le temps viendra peut-être où, confondant la guerre et notre jeunesse passée, nous aurons un soupir de
15   regret en pensant à ces années-là.

Je me souviens de nos soirées bruyantes, dans le moulin sans ailes. Je leur disais : « Un jour viendra où nous nous retrouverons, où nous parlerons de nos copains, des tranchées, de nos misères et de nos rigolades… Et nous dirons avec un sourire : « C'était le bon temps ! »

Avez-vous crié, ce soir-là, mes camarades ! J'espérais bien mentir, en vous parlant ainsi. Et cependant…

C'est vrai, on oubliera. Oh ! je sais bien, c'est odieux, c'est cruel, mais pourquoi s'indigner : c'est humain… Oui, il y aura du bonheur, il y aura de la joie sans vous, car, tout pareil aux étangs transparents dont l'eau limpide dort sur un lit de bourbe, le cœur de l'homme filtre les souvenirs et ne garde que ceux des beaux jours. La douleur, les haines, les regrets éternels, tout cela est trop lourd, tout cela tombe au fond…

On oubliera. Les voiles de deuil, comme des feuilles mortes, tomberont. L'image du soldat disparu s'effacera lentement dans le cœur consolé de ceux qu'ils aimaient tant. Et tous les morts mourront pour la deuxième fois.

Non, votre martyre n'est pas fini, mes camarades, et le fer vous blessera encore, quand la bêche du paysan fouillera votre tombe.

Les maisons renaîtront sous leurs toits rouges, les ruines redeviendront des villes et les tranchées des champs, les soldats victorieux et las rentreront chez eux. Mais Vous ne rentrerez jamais.

C'était le bon temps.

Je songe à vos milliers de croix de bois, alignées tout le long des grandes routes poudreuses, où elles semblent guetter la relève des vivants, qui ne viendra jamais faire lever les morts. Croix de 1914, ornées de drapeaux d'enfants qui ressembliez à des escadres en fête, croix coiffées de képis, croix casquées, croix des forêts d'Argonne qu'on couronnait de feuilles vertes, croix d'Artois, dont la rigide armée suivait la nôtre, progressant avec nous de tranchée en tranchée, croix que l'Aisne grossie entraînait loin du canon, et vous, croix fraternelles de l'arrière, qui vous donniez, cachées dans le taillis, des airs verdoyants de charmille, pour rassurer ceux qui partaient. Combien sont encore debout, des croix que j'ai plantées ?

Mes morts, mes pauvres morts, c'est maintenant que vous allez souffrir, sans croix pour vous garder, sans cœurs où vous blottir. Je crois vous voir rôder, avec des gestes qui tâtonnent, et chercher dans la nuit éternelle tous ces vivants ingrats qui déjà vous oublient.

Certains soirs comme celui-ci, quand, las d'avoir écrit, je laisse tomber ma tête dans mes deux mains, je vous sens tous présents, mes camarades. Vous vous êtes tous levés de vos tombes précaires, vous m'entourez, et, dans une étrange confusion, je ne distingue plus ceux que j'ai connus là-bas de ceux que j'ai créés pour en faire les humbles héros d'un livre. Ceux-ci ont pris les souffrances des autres, comme pour les soulager, ils ont pris leur visage, leurs voix, et ils se ressemblent si bien, avec leurs douleurs mêlées, que mes souvenirs s'égarent et que parfois, je cherche dans mon cœur désolé, à reconnaître un camarade disparu, qu'une ombre toute semblable m'a caché.

Vous étiez si jeunes, si confiants, si forts, mes camarades : oh ! non, vous n'auriez pas dû mourir... Une telle joie était en vous qu'elle dominait les pires épreuves. Dans la boue des relèves, sous l'écrasant labeur des corvées, devant la mort même, je vous ai entendus rire : jamais pleurer. Était-ce votre âme, mes pauvres gars, que cette blague divine qui vous faisait plus forts ?

Pour raconter votre longue misère, j'ai voulu rire aussi, rire de votre rire. Tout seul, dans un rêve taciturne, j'ai remis

Femme pleurant devant une maison détruite, eauforte couleur (1918).

sac au dos, et, sans compagnon de route, j'ai suivi en songe votre régiment de fantômes. Reconnaîtrez-vous nos villages, nos tranchées, les boyaux que nous avons creusés, les croix que nous avons plantées ? Reconnaîtrez-vous votre joie, mes camarades ?

C'était le bon temps… Oui, malgré tout, c'était le bon temps, puisqu'il vous voyait vivants… on a bien ri, au repos, entre deux marches accablantes, on a bien ri pour un peu de paille trouvée, une soupe chaude, on a bien ri pour un gourbi solide, on a bien ri pour une nuit de répit, une blague lancée, un brin de chanson… Un copain de moins, c'était vite oublié, et l'on riait quand même ; mais leur souvenir, avec le temps, s'est creusé plus profond, comme un acide qui mord…

Et maintenant, arrivé à la dernière étape, il me vient un remords d'avoir osé rire de vos peines, comme si j'avais taillé un pipeau dans le bois de vos croix.

Extraits du chapitre 17, « Et c'est fini ».

Roland Dorgelès, *Les Croix de bois* © Albin Michel, 2005.

Questions

Repérer et analyser

Le narrateur et les circonstances

1 À quel moment de la guerre le narrateur écrit-il ce texte ? Justifiez votre réponse. Dans quel cadre se trouve-t-il ?

2 a. Quel effet produit la répétition de l'expression « c'est fini » suivie de points de suspension (l. 1 et 10) ? Quel double sens cette expression peut-elle revêtir ?

b. La gradation

> La gradation est une figure de style qui consiste à marquer une progression par une énumération de termes de plus en plus forts (gradation ascendante) ou de plus en plus faibles (gradation descendante).

Relevez, lignes 5 à 10, la gradation par laquelle le narrateur insiste sur le nombre de morts tués dans cette guerre.

c. Quel est l'état d'esprit du narrateur à ce moment de la guerre et du roman ?

Les motifs du récit de guerre

L'hommage aux camarades

3 a. Pour quelle raison leur « martyre n'est-il pas fini » (l. 35) ?
b. Quelles étaient les qualités des camarades disparus (l. 73 à 79) ? Quelles épreuves ont-ils réussi à surmonter ?

Le motif des croix et des morts sans sépulture

4 L'apostrophe

> L'apostrophe est une figure de style par laquelle on interpelle directement le destinataire d'un texte ou d'un discours.

a. À quels personnages le narrateur s'adresse-t-il dans l'ensemble de ce dernier chapitre ? Relevez les apostrophes qui les désignent.
b. À qui le narrateur s'adresse-t-il plus particulièrement (l. 43 à 55) ? Identifiez la figure de style qui donne plus de force aux apostrophes. Quel est l'effet produit ?

5 a. Relevez les différentes expressions qui qualifient les croix. Que signifient les différents lieux évoqués ?

Extrait 8

b. Montrez que ces croix sont associées à la guerre, à la mort mais aussi à la vie.

6 Par quel terme le narrateur désigne-t-il ensuite ses camarades dans l'apostrophe de la ligne 56 ? Quelle est la valeur du déterminant possessif ?

7 Le rythme

> Pour donner plus de force à l'émotion, le narrateur rythme certaines phrases à la façon d'un poème : il introduit des rimes, des répétitions, des expressions parallèles.

Retrouvez deux alexandrins (vers de douze syllabes) dans le passage suivant : « que vous allez souffrir, sans croix pour vous garder, sans cœurs où vous blottir. Je crois vous voir rôder [...] » (l. 56 à 58). Relevez les rimes et les parallélismes. Quel est l'effet produit ?

8 Quelle vision assaille le narrateur (l. 58 à 60) ? Pour quelle raison les camarades morts n'ont-ils pas trouvé la paix ?

La réflexion sur les souvenirs et l'oubli

9 « Je me souviens » (l. 16), « je songe » (l. 43) : à quel moment de la vie du narrateur le présent renvoie-t-il ?

10 a. Qu'advient-il des mauvais souvenirs dans le cœur des hommes ? Analysez les comparaisons utilisées par le narrateur lignes 23 à 34.

b. Que veut dire le narrateur par ces mots : « Et tous les morts mourront pour la deuxième fois » (l. 34) ?

11 a. « C'était le bon temps » (l. 20) : qui a prononcé cette phrase, à qui, et dans quelles circonstances ?

b. À quels différents moments le narrateur reprend-il cette phrase à son compte au moment où il écrit ?

c. En quoi cette phrase constitue-t-elle un paradoxe (une contradiction) ? Quel sens le narrateur lui donne-t-il à la fin du roman (l. 87 à 95) ?

12 a. Quels différents souvenirs le narrateur évoque-t-il à la fin du roman ?

b. Comment justifiez-vous le rire évoqué ?

c. Relevez la comparaison finale (l. 94-95).

d. Quel est l'effet du souvenir, avec le temps ?

154 Les Croix de bois

La mission de l'écrivain

13 **a.** Quelle explication le narrateur fournit-il sur le mécanisme de la création de ses personnages? Montrez que les êtres de fiction se nourrissent des êtres réels et se confondent avec eux (l. 61 à 72).
b. Le narrateur écrit: «Je crois vous voir rôder» (l. 58), «je vous sens tous présents» (l. 62), «Vous vous êtes tous levés» (l. 63), «vous m'entourez» (l. 64).
Expliquez cette progression.

14 Relisez la biographie de Dorgelès, p. 6 à 8: quelle part de sa propre vie a-t-il mis dans le roman?

15 **a.** «Reconnaîtrez-vous»: combien de fois ce verbe est-il répété dans les lignes 80 à 86?
b. Quelle mission l'écrivain se donne-t-il?
c. Quels efforts doit-il faire pour faire revivre puis recréer le passé?

16 **a.** Pour quel genre de musique est utilisé un pipeau? Quel sens donnez-vous à la comparaison de la dernière phrase?
b. De quoi le narrateur se sent-il coupable? Que cherche-t-il à réparer?

Le sens du roman

17 **a.** Quel sens cette fin donne-t-elle à tout le livre?
b. De quel devoir le narrateur se sent-il investi envers ses compagnons? Quelles réactions cherche-t-il à susciter chez les lecteurs selon vous?

18 En quoi ce passage justifie-t-il le titre du roman?

Comparer

Remarque et Dorgelès

19 Comparez les deux derniers chapitres des deux romans étudiés dans ce volume. Quels sont les choix de chacun des narrateurs?

Extrait 8   155

Écrire

Argumenter

20 Avez-vous une préférence pour un des deux romans que vous venez d'étudier? Pourquoi? Vous n'êtes pas obligés de choisir. Vous pouvez comparer les deux romans en proposant des réponses développées et argumentées.

Écrire un plaidoyer

21 Écrivez un plaidoyer contre la guerre. Vous vous adresserez à tous les hommes. Vous nourrirez votre texte d'arguments que vous aurez puisés dans la lecture des deux romans de Remarque et Dorgelès que vous avez lus.

Se documenter

Les morts sans sépulture

Depuis l'Antiquité, quelle que soit leur culture, les hommes éprouvent le besoin de donner une sépulture à leurs morts.

Le mythe d'Antigone en est l'illustration la plus marquante. Son histoire est racontée par Sophocle au Ve siècle avant J.-C., dans sa tragédie intitulée *Antigone*.

Le roi Créon décide de ne pas donner de sépulture à Polynice, le frère d'Antigone, parce qu'il l'accuse d'avoir trahi sa cité. Quiconque lui donnera une sépulture sera puni de mort.

Antigone, par respect pour son frère et par obéissance aux lois divines, transgresse l'interdit de Créon et est condamnée à mort.

Les Grecs pensaient qu'un corps abandonné sans sépulture souillait les lieux alentour et que le mort était condamné à errer cent ans sans pouvoir entrer dans le monde des morts.

Cette histoire sera reprise en France au théâtre en 1944 par Anouilh.

Les Croix de bois

Lire

Apollinaire, *Calligrammes* (1914)

Ombre

Vous voilà de nouveau près de moi
Souvenirs de mes compagnons morts à la guerre
L'olive du temps
Souvenirs qui n'en faites plus qu'un
Comme cent fourrures ne font qu'un manteau
Comme ces milliers de blessures ne font qu'un article de journal
Apparence impalpable et sombre qui avez pris
La forme changeante de mon ombre
Un Indien à l'affût pendant l'éternité
Ombre vous rampez près de moi
Mais vous ne m'entendez plus
Vous ne connaîtrez plus les poèmes divins que je chante
Tandis que moi je vous entends, je vous vois encore
Destinées
Ombre multiple que le soleil vous garde
Vous qui m'aimez assez pour ne jamais me quitter
Et qui dansez au soleil sans faire de poussière
Ombre encre du soleil
Écriture de ma lumière
Caisson de regrets
Un dieu qui s'humilie

Guillaume Apollinaire, « Ombre », extrait de « Merveille de la guerre »,
in *Calligrammes* © Éditions Gallimard, 1974.

Questions de synthèse

E.-M. Remarque, R. Dorgelès et leurs œuvres

L'auteur, le narrateur et le genre

1 a. Qui sont les auteurs respectifs de *À l'Ouest rien de nouveau* et *Les Croix de Bois* ?
b. À quelle époque ont-ils vécu ?
c. Quelle est leur nationalité ?
d. En quelle langue chacun des deux romans a-t-il été écrit ?

2 En quoi peut-on dire que ces romans sont en partie autobiographiques ? Appuyez-vous pour répondre sur la biographie des deux auteurs (p. 4 à 8) et sur le statut du narrateur (personne à laquelle le récit est mené).

Le cadre et les personnages

3 Précisez le cadre spatio-temporel pour chacun des deux romans (lieux et époque de l'action).

4 a. Quel est le nom du héros (personnage principal) dans chacun des romans ?
b. Quel âge ces personnages ont-ils ?

5 a. De quelles qualités le héros de *À l'Ouest rien de nouveau* témoigne-t-il ?
b. Évolue-t-il tout au long de son récit ?
c. Peut-on parler, à propos de ce roman, de « roman d'apprentissage » ?

6 a. Citez quelques personnages secondaires.
b. Quelle est leur importance ?
c. Quels sentiments permettent-ils de mettre en valeur ?

Les motifs des récits de guerre

7 Citez les principaux motifs du roman de guerre présents dans les deux romans que vous venez d'étudier.

La portée de tels romans

8 a. En quoi ces deux romans constituent-ils un témoignage précieux et authentique?
b. Quel est l'intérêt de disposer de deux points de vue sur la guerre, le point de vue français et le point de vue allemand?

9 a. Quel regard Erich Maria Remarque porte-t-il :
– sur la guerre?
– sur le désordre qu'elle engendre?
– sur ce que devient le soldat au front?
– sur la perception de l'avenir?
– sur la jeunesse perdue?
b. Sur quels aspects de la vie et du monde reste-t-il confiant?

10 a. Justifiez le titre du roman *Les Croix de bois*.
b. Sur quelle méditation le roman s'achève-t-il? Comment Roland Dorgelès envisage-t-il l'avenir?

11 Citez quelques passages de ces deux romans qui vous ont marqué(e) par la force de leur dimension pathétique.

12 Quelle différence faites-vous entre la découverte de la guerre de 1914-1918 dans votre manuel d'Histoire et dans un roman comme ceux que vous venez de lire?

Index des rubriques

Repérer et analyser

L'auteur, le narrateur 13, 76, 94, 101, 107, 125, 152
L'incipit 13
L'énonciation, le système des temps 14
Les niveaux de langage, les registres 14, 25, 26, 74, 102
Les motifs, ou *topoï* 14, 24, 39, 54, 74, 86, 101, 107, 116, 125, 139, 146, 152
Les portraits de groupe, la camaraderie 15, 24
Le réalisme 15
La portée, la visée, les enjeux 15, 25, 26, 42, 56, 87, 95, 102, 108, 118, 127, 133, 140, 147
La conduite du récit 23
Le mode de narration 23, 75, 102, 146
Le rythme 23, 153
Les personnages 23, 125, 132
La lucidité 24
L'agonie, la mort, le macabre, les cadavres 24, 42, 139
Les quatre éléments 25
Le souvenir 25, 62
Révolte et antimilitarisme 25
La solitude existentielle 26
Le pathétique 26, 75
Le front 39, 117
La métaphore et la métaphore filée 39, 55
L'emphase 39
L'homme-bête 39
La symbolique de la terre-mère 40
L'apostrophe 40, 152
La gradation 40, 152
L'innocence martyrisée 40
La fascination esthétique de la guerre 41
Le salut par la nature 55
L'anaphore 55
L'antithèse 62
La mélancolie 62
Les effets de la guerre 63
Le présent et le passé 73
La personnification 73
La mise en espace du texte 74
L'introspection et analyse de soi 74
Le cadre 94, 101, 107, 125, 146
La réflexion sur l'avenir 94
La fin du roman 95
Le point de vue 101
Le départ « la fleur au fusil » 101
L'onomatopée 116
Allitération et assonance 117
L'ellipse temporelle 117
L'implicite 118
L'église, les chants, la prière 132-133
L'instinct de conservation 140
Le zeugma 146
La mission de l'écrivain 154
Le sens du roman 154

Lire

Jorge Semprun 26-27
Guillaume Apollinaire 43-44, 156
E.-M. Remarque et A. du Bouchet 76
Vercors 88-89
Rimbaud 96

Se documenter

Les gaz pendant la guerre de 1914 42-43
Le lexique : « peur » et « angoisse » 56-57
Les Poilus 57
Les morts sans sépulture 155

Écrire

Raconter un souvenir, un événement vécu 63, 108
Donner son point de vue 63
Imaginer une scène, une autre fin, écrire un récit 76, 95, 119
Regret et remords 87
Récrire une scène 119
Argumenter 127, 133, 155
Écrire un plaidoyer 155

Enquêter

Les mutineries de 1917 88
L'armistice du 11 novembre 1918 95
Dormans 102
La Pathétique 127
La trêve de Noël 133
Les victimes de la Première Guerre mondiale 141

Comparer

Rimbaud et Remarque 96
Remarque et Dorgelès 154

Voir

Joyeux Noël, C. Carion 133

Table des illustrations

2 ph © Archives Hatier
5 ph © Rue des Archives/AGIP
7 © Albert Harlingue/Roger-Viollet
9 ph © Rue des Archives/The Granger Collection N.Y.
12 ph © Universal Pictures/Album/Akg-images
29 ph © The Art Archive/Domenica del Corriere/Dagli Orti (A)
48 ph © Jean-Pierre Verney/Akg-images
61 ph © Stapleton Collection/Corbis/DR
79 ph © Akg-images
93 ph © Bettmann/Corbis
97 Collection Christophel
106 ph © Birmingham Museums and Art Gallery/Bridgeman-Giraudon
115 ph © Roger-Viollet
129 ph © Sergeant J.J. Marshall/Corbis
141 ph © Akg-images/DR
145 ph © Musée de l'Armée, Paris/Lauros/Bridgeman-Giraudon
151 ph © Jean-Pierre Verney/Akg-images

et 13, 14, 15, 23, 24, 25, 26, 27, 39, 40, 41, 42, 43, 44, 54, 55, 56, 57, 62, 63, 73, 74, 75, 76, 86, 87, 88, 89, 94, 95, 96, 101, 102, 107, 108, 116, 117, 118, 119, 125, 126, 127, 132, 133, 139, 140, 141, 146, 147, 152, 153, 154, 155, 156 (détail) ph © Archives Hatier

D.R. : malgré nos efforts, il nous a été impossible de joindre certains photographes ou leurs ayants-droit, ainsi que les éditeurs ou leurs ayants-droit de certains documents, pour solliciter l'autorisation de reproduction, mais nous avons naturellement réservé en notre comptabilité des droits usuels.

Hatier s'engage pour l'environnement en réduisant l'empreinte carbone de ses livres. Celle de cet exemplaire est de : 400 g éq. CO_2
PAPIER À BASE DE FIBRES CERTIFIÉES
Rendez-vous sur www.hatier-durable.fr

Iconographie : Hatier Illustration
Graphisme : Mecano-Laurent Batard
Mise en page : Alinéa
Relecture : Yan Rodié-Talbère

Achevé d'imprimer en Espagne par Black Print
Dépôt légal 92168-1/15 - septembre 2021